거인의 땅에서, 우리

거인의
땅에서,
우리

이금이 장편소설

밤티

차례

1부 거인의 땅에서

2부 신기루

1부

✦

거인의 땅에서

첫째 날, 중력의 법칙

1

"몽골 칭기즈칸 국제공항까지 비행 시간은 세 시간 삼십 분으로 현지 시각 7월 15일……."

비행기가 자동차만큼도 흔들리지 않게 됐을 즈음 기내 방송이 흘러나왔다. 몽골은 우리나라보다 한 시간 느리다니까 그곳 시계로 밤 10시 반쯤 도착할 거다.

창가에 앉은 보람도 없이 보이는 건 캄캄한 어둠과 창문에 반사된 내 모습뿐이었다. 비행기를 탄 흥분에 잠시 잊고 있던 불만이 다시 꿈틀거리기 시작했다. 태어나서 처음 가는 해외여행인데 친구들은 날 그다지 부러워하지 않았다. 여행 구성원과 행선지 때문이었다. 열다섯 살인 나는 마흔일곱 살 된 아줌마들 사이에 끼어 몽골, 그것도 사막으로 가고 있는 중이다. 그래서 야누스 오빠들 공개 방송엘 못 간다고 생각하면 아쉬움을 넘어 억울할 지경이다. 새 앨범을 내고 처음 출연하는 음악 방송이다. 불만 목록에 빨간 글씨로 추가된 창밖의 어둠은 앞으로 펼쳐질 여행을 암시하는 것 같았다.

여행에 따라가겠다고 먼저 떼를 쓴 건 나였다. 학교를 빠질 수 있는 기회인 데다 고작 일주일 다녀와 놓고 입만 열면 '캐나다 갔을 때'로 시작하는 민지를 더는 참기 힘들었다. 집에서 비행기 못 타 본 사람은 나뿐이라는 심통도 작용했다. 아빠는 회사 공장이 있는 베트남에 오가느라 수시로 비행기를 탔고, 오빠는 무려 초등학생 때 우주소년단인가에서 중국에 다녀왔다. 엄마도 3년 전쯤 친구들과 제주도에 갔었다.

"나만 비행기 한 번도 못 타 보고 이게 뭐야? 나도 데려가. 데려가라고!"

"안 돼. 돈 없어."

엄마가 야멸차게 내 투정을 잘라 냈다.

"그럼, 엄마는 돈이 어디서 나서 가?"

"우리는 오 년 동안 적금 부은 돈으로 가는 거야. 그리고 친구들은 다 혼자 가는데 나만 어떻게 널 데려가?"

엄마가 단호하게 나오는 이상 여행은 틀렸다. 하지만 본능적으로 여행 대신 다른 무언가를 얻을 수 있는 기회임을 알아차렸다. 나는 눈물 연기까지 펼치며 아빠를 공략했다.

"내 친구들 중에 해외여행 못 가 본 애는 나밖에 없어. 그러니까 아빠가 엄마한테 나 좀 데려가라고 해 줘. 그러면 공부도 더 열심히 하고 말도 더 잘 들을게. 아빠, 응? 응?"

내 악어의 눈물에 넘어간 아빠는, 엄마에게 경비는 자기가 댈 테니 나를 데려가라고 했다. 엄마는 그 말보다 아빠가 비상금을 꼬불쳐 두었다는 사실 때문에 더 화가 난 것 같았다.

"형인이 과외 하나 더 시키자고 해도 돈 없다더니 그건 무슨 돈이야? 다른 집 남편들은 애 잘 볼 테니 홀가분하게 놀다 오라고 한다던데 꼭 이렇게 딴지를 걸어야겠어?"

"애가 가고 싶어 해서 경비 대 주겠다는 게 무슨 딴지라는 거야. 다인이가 얼마나 가고 싶으면 울기까지 하겠냐?"

"하이고, 대단한 딸바보 나셨네. 딴 주머니 또 있으면 내놔 봐. 면세점 가서 개나 소나 다 있는데 나만 없는 명품 백 좀 사게."

"지난번 출장 때 사다 준 건 백 아니면 뭐야? 그리고 사람이 명품이 돼야지, 명품 백 들고 다닌다고 다 명품 되는 줄 아나."

비상금과 명품 백은 내가 의도하지 않았던 돌발 소재지만 싸움은 내 예상대로였다. 나는 엄마 아빠를 싸우게 하느니 내가 희생하고 말겠다는 얼굴로 타협안을 제시했다.

"아, 알았어. 안 갈게. 안 간다고! 대신 야누스 오빠들 앨범 사 주고 팬 미팅 갈 돈 줘. 이번엔 카인 오빠 생파도 같이 해서 좀 많이 필요해."

다른 때 같으면 어림없을 일이지만 엄마는 순순히 그러겠다고 했다. 아빠가 내 여행비로 내주겠다고 한 돈은 이미 엄마 수중으로 들어간 거나 마찬가지였다. 내 덕분에 공돈이 생겼으니 너그러워진 거겠지. 어쨌든 목적을 이룬 나는 신이 나서 카인 오빠 생일 선물을 고르기 시작했다. 신곡 발표 공개 방송이 엄마가 여행 가 있는 동안 잡혔으니 두 마리 토끼를 한 번에 잡은 셈이다.

그런데 여행을 얼마 앞두고 갑자기 엄마가 마음을 바꿔 나를 데려가겠다고 했다. 이번에는 내가 단호하게 거절했다. 엄마가 마음을 바꾼 건 내가 집에 남아 오빠 심기를 건드리거나 아빠를 귀찮게 할까 봐서가 분명한데 야누스 오빠들의 공개 방송을 포기하면서까지 따라가고 싶지는 않았다.

엄마는 내가 협상으로 얻어 낸 것들을 다시 조건으로 걸었다. 야누스의 화보집까지 덤으로 얹어서 말이다. 계산해 보니 손해 보는 장사가 아니었다. 해외여행도 하고 야누스 앨범과 팬 미팅 회비는 물론 화보집까지 생기는 거다. 짠순이 엄마를 계산으로 이길 때가 있다니, 신나는 일이었다. 나는 부랴부랴 여권 만들고 비자를 받아 (내가 한 일은 사진 찍은 것밖에 없지만) 여행에 합류했다.

2

엄마와 나란히 주르르 앉아 있는 여섯 명의 아줌마들은 엄마의 고교 시절 문학 동아리 친구들이다. 어릴 때 그 모임에 따라간 적이 여러 번 있었다. 하지만 오래간만에 보니 요즘도 우리 집에 놀러 오는 명화 아줌마와 정선 아줌마 빼고는 기억이 나지 않았다. 그래도 아줌마들이 서로 부르는 이름을 듣자 엄마가 하던 이야기들이 떠올랐다. 나는 비행기 탈 시간을 기다리며 엄마에게 들은 이야기를 참고해서 아줌마들의 별명을 지었다.

책을 몇 권 냈지만 여전히 무명작가인 서영 아줌마는 '듣보작가'. 아들이 올해 카이스트에 붙었다는 주희 아줌마는 '카이스트'. 독서 논술 교사로 떼돈을 번다는 인경 아줌마는 '대박논술'. 남편이 바람피웠다는 명화 아줌마는 '바람맞은'이다. 우리 집에 올 때마다 실적 못 올렸다고 푸념하는 보험 설계사 정선 아줌마는 '실적미달'이고. 이름밖에 아는 게 없고 존재감도 없는 춘희 아줌마는 '그림자'다. 그리고 우리 엄마 양숙희는 '아들바보'. 그것도 슈퍼 울트라로.

내가 보기에 여섯 명 중 엄마가 가장 자랑스러워하는 친구는 듣보작가 아줌마이고, 가장 부러워하는 친구는 카이스트 아줌마다. 예쁘기까지 한 대박논술 아줌마에게는 부러움보다 질투를 더 많이 느끼는 것 같고.

엄마는 고등학교를 시험 쳐서 들어가는 비평준화 지역에서 명문 여고를 나왔다는 사실에 큰 자부심을 갖고 있다. 오빠가 공부 잘하는 것도 요즘의 특목고나 자사고보다 더 들어가기 어려운 학교를 나온 자기를 닮아서라고 했다. 그건 믿어 준다 쳐도 공대 출신인 아빠보다 더 감정이 메마른 것 같은 엄마가 문학 동아리 회원이었다는 사실은 이해하기 힘들다. 평소에 글을 쓰기는커녕 책도 『내 아이 스카이 보내기』 같은 것만 읽는 엄마의 글솜씨는 당연히 별 볼 일 없었을 거다. 그럼 내 글재주는 누구를 닮은 건지 모르겠다.

나는 팬픽 카페 '재뉴어리'에 카인 오빠와 지노 오빠가 커플인 소설을 연재하는 중이다. 「비밀의 공간」은 학교에서 벌어지는 로맨스물인데 내 입으로 말하긴 그렇지만 인기가 좀, 아니, 꽤 있는 편이다. 내 소설 때문에 학교가 달라 보일 정도라니 (댓글 내용이다.) 그럴 만도 하다. 하지만 우리 가족에겐 절대 비밀이다. 내가 쓴 글을 식구들이 읽는다고 생각하면 집뿐 아니라 지구에서도 탈퇴하고 싶을 테니까. 혹시 (진짜 혹시) 내 팬픽이 대박 나더라도 나는 끝까지 그게 나라는 걸 밝히지 않을 생각이다.

그것 말고도 식구들이 알면 안 되는 이유는 또 있다. 딸바보인 아빠한테는 칭찬을 들어도 기쁘지 않을 테고 오빠가 아는 날이면 평생 놀릴 게 뻔하다. 하지만 그 둘보다 더 숨기고 싶은 사람은 엄마다. 내가 팬픽을 쓰는 건 순전히 재미 때문이다. 사람들이 내 이야기에 관심을 가져 주고 댓글을 써 주는 게 좋아서다.

하지만 엄마가 알면 재능을 쓸데없는 데 낭비한다고 야단야단 치며 당장 스펙용 백일장으로 내몰겠지. 초등학생 때부터 온갖 경시대회에 나가야 했던 오빠처럼. 오빠는 항상 훌륭한 성과물로 엄마를 기쁘게 했지만 나는 아마 실망만 안겨 주게 될 거다. 잘난 오빠가 있어 좋은 건 그 그늘 아래에서 나름의 자유를 누릴 수 있다는 점이다.

오빠는 요즘 얼굴도 잘 기억나지 않는 카이스트 아줌마의 아들 때문에 스트레스를 받고 있다. 이제 늘 비교당하는 내 기분을 알겠구나 싶어 고소하지만 오빠가 얼마나 짜증 날지는 짐작이 갔다. 이해되지 않는 건 엄마 친구의 자식들이다. 엄마 모임에서 봤을 때는 똑같이 코 흘리고, 앞자락에 밥풀 묻히고, 심지어는 오줌도 쌌던 애들이 시간이 지나면서 어떻게 하나같이 공부 잘하는 엄친아, 엄친딸 들로 성장했는지 모를 일이다. 이번 여행에 아이가 나 혼자뿐인 건 아주 다행이다. 여행 가서까지 남의 집 자식들과 비교당하고 싶지는 않으니까.

3

여행지가 몽골로 정해지기까지는 듣보잡가 아줌마의 영향이 컸던 것 같다. 그동안 엄마와 아줌마들이 모은 적금으로는 어차피 유럽이나 미국 같은 데는 갈 수 없었다. 내가 가고 싶은 곳은 홍콩이나 대만이었지만 여행에 관심을 끊은 사이 몽골로 정해졌다. 이미 가 본 적 있는 듣보작가 아줌마가 강력하게 추천한 데다 다른 아줌마들이 모두 안 가 본 나라는 그곳뿐이었다고 한다. 아무런 결정권이 없는 내 의견 따위에 신경 쓸 사람은 없었다.

엄마는 여행 다녀온 뒤 학교에 낼 체험 보고서를 위해 몽골과 고비 사막을 미리 공부해 두라며 일정표를 주었다. 엄마는 옷 사고 가방 사는 걸로 여행 준비를 하면서 나한테만 공부하라는 건 불공평했다. 그깟 보고서는 나중에 인터넷을 뒤져 써도 충분하다. 그래도 어디 가서 뭘 하는지 궁금해 일정표를 보았다.

"무슨 여행이 그래? 사막에만 있고. 구경하는 것도 별로 없잖아."

여행지가 못마땅했던 건 나만이 아니었다.

"사막에 뭐 볼 게 있다고 가?"

"거기 황사 불어오는 데 아니에요?"

아빠와 오빠도 뭐 이런 델 가느냐는 표정들이었다.

"황사는 봄에 불지. 그리고 사막이 왜 볼 게 없어? 낙타도 있고 별도 있고 오아시스도 있고. 사막이 아름다운 건 우물이 있기 때문이라는 말도 있잖아."

엄마가 우리를 한심하다는 눈길로 보더니 어울리지 않게 감상적인 표정으로 말했다.

"우물 보러 사막에 간다는 거야?"

"우물 파 주는 봉사 같은 거 하러 가는 거예요?"

아빠야 그렇다 쳐도 엄마가 자랑스러워하는 잘난 오빠의 반응은 어이가 없었다. 그런 이해력으로 공부를 잘하는 게 신기할 정도다. 엄마 말을 제대로 알아들은 건 우리 집에서 나밖에 없었다.

"그거 『어린 왕자』에 나오는 말이잖아. 그리고 그 책에 나오는 사막은 몽골이 아니라 아프리카에 있는 사하라 사막이네요."

나는 평소에 엄마가 내게 하듯 면박을 주었다.

"암튼 우린 사막에서 골치 아픈 일들 다 잊고 푹 쉬다 올 거야."

여행 간다니까 갑자기 문학소녀 코스프레를 하는 엄마는 사막에 가면 어린 왕자와 사막 여우라도 만날 줄 아는 모양이다. 엄마와 달리 내게 사막은 모래밖에 없는, 그래서 볼 것도 할 것도 없는 곳이었다.

나는 마음에 드는 게 하나도 없는 여행을 가지 말까 진지하게 생각했다. 하지만 야누스 팬으로서 써야 할 돈과 친구들에게 한 자랑과 아무리 재미없어도 학교보다는 나을 거란 생각이 포기를 말렸다. 그리고 또 한 가지, 여행 기간에 기말고사 성적이 나온다는 점도 결정하는 데 큰 역할을 했다.

4

드디어 착륙한 비행기 문을 나서는 순간, 뭔가 다른 대기의 냄새가 훅 끼쳐 왔다. 난생처음 맡아 보는 외국 냄새였다. 공항 건물까지는 셔틀버스를 타야 했다. 큰 배낭을 짊어진 각국의 여행자들을 보자 정말 외국에 온 기분이 났다. 그리고 생각보다 몽골이 괜찮을지 모른다는 기대도 생겼다.

다양한 인종으로 만원인 버스 안에서 엄마와 엄마 친구들은 대한민국 아줌마의 기상을 보여 주겠다는 듯이 목청을 높였다. 엄마와 아줌마들의 고향 말씨는 사방에서 들려오는 낯선 언어들 중 하나처럼 들렸다.

엄마는 대학 가느라 스무 살 때 서울로 왔다. 엄마와 비슷한 시기에 고향을 떠난 아줌마들도 서울을 비롯한 수도권에서 살아왔다. 그 시간이 더 긴데도 지금까지 고향 말씨를 잊지 않았다는 게 신기하다. 여행 내내 아줌마들은 마치 2개 국어를 하는 것처럼 표준어와 사투리를 자유자재로 바꿔 가며 썼다.

가방이 나오길 기다리는 동안 아줌마들은 잘 도착했다는 전화를 하거나 메시지를 보내기 시작했다. 나도 민지에게 공항 셀카를 찍어 보냈다. 가족 대화방에 들어가자 도착했다는 엄마 메시지에 붙은 숫자가 1로 바뀌었다. 아빠가 올린 이모티콘이 있으니 오빠가 안 보고 있는 거다. 나는 민지에게 보냈던 사진을 올렸다.

"형인이가 왜 안 보지?"

엄마는 계속 돌아가고 있는 짐들 속에서 가방 찾을 생각은 안 하고 오빠만 신경 썼다.

"학원에 있나 보지."

"오늘 경준이네서 논술 하는 날인데 끝났을 시간이야."

"그럼 피시방에 갔을 수도 있잖아."

나라면 엄마가 없는 이 기회를 절대 놓치지 않고 딴 길로 샐 거다.

"지금이 몇 신데. 형인이가 너 같은 줄 알아? 그리고 만약에 피시방에 갔더라도 카톡은 볼 수 있잖아."

오빠는 내가 아니니까 피시방에서 카톡을 볼 수 없는 거다. 혼자서도 잘할 거라고 믿는 엄마를 실망시킬 수 없으니까. 이번 기회에 오빠가 엄마를 제대로 한번 실망시켰으면 좋겠다. 성적 좋은 것 하나로 엄마 사랑을 독차지하고 사는 오빠가 얄미워서지만 그게 전부는 아니다. 관심과 애정을 빙자한 엄마의 감시망에서 한순간도 벗어나지 못하고 사는 오빠가 불쌍해서이기도 하다. 내가 오빠의 그늘에서 야금야금 누리던 자유를 오빠도 경험했으면 좋겠다. 그게 고작 피시방이라 할지라도.

5

공항을 나온 우리는 현지 가이드와 만나기 위해 가방을 끌고 듣보작가 아줌마를 따라갔다. 입국장 앞은 여행사와 사람 이름이 적힌 팻말이나 종이를 든 사람들로 붐볐다.

"우리 모임 이름 적힌 거 있나 찾아봐."

듣보작가 아줌마 말에 나도 사람들이 든 팻말을 살폈다.

"저 있네!"

실적미달 아줌마가 소리쳤다. 무심코 아줌마가 가리키는 쪽을 바라본 나는 접착제라도 밟은 것처럼 움직일 수가 없었다.

지노 오빠가 서 있었다. '글무지개'라는 유치찬란한 동아리 이름이 적힌 종이를 든 채 우리를 기다리고 있는 사람은 분명히 지노 오빠였다. 그럴 리가 없기에 나는 정신을 차리고 다시 보았다. 자세히 보자 다른 점이 눈에 들어왔다. 키 184센티미터에 몸무게 65킬로그램인 지노 오빠보다 그 사람은 키도 작고 피부도 더 까무잡잡했다. 작은 차이일 뿐 지노 오빠와 형제가 아닐까 싶을 정도로 두 사람은 비슷했다. 나는 '지노와 함께하는 사막 여행' 같은 이벤트에 당첨된 기분이었다. 한마디로 로또 맞은 것 같다는 뜻이다.

"인물이 훤하네!"

"연예인 같다."

아줌마들이 말했다. 보는 눈은 있어 가지고. 이번 여행에 적극적으로 임하고 싶은 열정이 마구마구 솟구쳤다.

우리는 가이드의 인솔에 따라 공항을 빠져나갔다. 울란바토르에 첫발을 디디는 순간인데 주변 풍경은 눈에 들어오지도 않았다. 아마 북극곰이 나타났다고 해도 알아차리지 못했을 거다. 나는 내가 이 정도로 '금사빠'인 줄 처음 알았다.

주차장에는 우리를 호텔로 데려다줄 차가 대기하고 있었다. 차 문 옆에 서서 짐을 올려 주며 한 사람, 한 사람에게 인사를 하던 가이드가 내 차례가 되자 싱긋 웃었다. 가슴이 쿵쿵 뛰었다. 아줌마들한테 보이던 의례적인 미소와는 다른 것 같았다. 여행하는 동안 같이 사진도 많이 찍어야지. 친구들도 그 사진을 보면 내가 지노 오빠하고 여행하고 온 것처럼 부러워할 거다.

차가 출발한 뒤 가이드가 우리 쪽을 향해 서자 지노 오빠가 무대에 섰을 때처럼 후광이 비쳤다.

"안녕하세요? 몽골에 오신 것을 환영합니다. 내 이름은 바타르입니다."

가이드가 약간 서툰 한국말로 자신을 소개했다. 나는 아줌마들 소리에 묻히지 않도록 힘껏 박수를 쳤다.

"바타르는 무슨 뜻이에요?"

실적미달 아줌마가 물었다. 나도 궁금했다.

"히어로입니다."

바타르가 대답했다.

"히어로? 영웅 아이가."

바람맞은 아줌마가 그 뜻을 모르는 사람이 어디 있다고 해맑은 목소리로 말했다. 남편한테 배신당한 건 그새 다 잊은 걸까. 그건 됐고 바타르의 뜻이 영웅이라니 이름도 멋있다. 이름을 알고 나자 왠지 더 가까워진 느낌이었다.

바타르는 출석 부르는 선생님처럼 명단을 들고 우리 이름과 얼굴을 맞춰 보았다. 아줌마들은 아들뻘 되는 가이드가 누구 씨, 누구 씨, 하고 이름을 부르는데도 황홀한 표정으로 "네, 네." 하며 공손하게 대답했다.

그런데 춘희는 듣보잡가 아줌마 이름이었다. 춘희인 줄 알았던 그림자 아줌마는 금란이라고 했다. 엄마에게 살짝 물어보니 윤서영은 필명이었다. 춘희같이 개성 있는 본명을 놔두고 우리 반에도 두 명이나 있는 평범한 이름을 필명으로 하다니. 내 필명이 아닌데도 아쉬웠다.

"한국말은 어디서 배웠어요?"

대박논술 아줌마가 물었다. 돈을 잘 벌어서인지, 아니면 미모가 받쳐 줘서인지 모르겠지만 아줌마의 행동이나 말투에서는 당당함이 느껴졌다. 주목받는 것에 익숙한 사람 특유의 자신감 같았다. 하지만 자신이 예쁘다는 걸 잘 아는 캐

릭터는 만화나 드라마 속에서 결코 남자 주인공의 사랑을 받지 못한다.

"저는 울란바토르에서 대학교 다녀요. 한국어과 3학년입니다. 그리고 한국에서 잠깐 한국말 공부했어요."

몽골 대학교에 한국어과가 있을 줄 몰랐다느니, 한류가 대세라느니, 바타르가 연예인 닮았다느니, 아줌마들은 질세라 떠들었다. 다행히 지노 오빠 이야기는 나오지 않았다. 나는 휴대폰에 저장돼 있는 야누스의 노래와 사진을 떠올리며 조용히 미소 지었다. 바타르와 단둘이 말할 기회가 있을 때 화젯거리로 삼아 친해질 생각이었다.

바타르가 다음 날 일정을 설명했다. 고비 사막으로 가려면 일찍 출발해야 하기 때문에 새벽에 아침을 먹어야 한다고 했다. 아침잠이 많은 나는 여행 와서까지 일찍 일어나는 게 싫었다가 곧 그만큼 바타르를 빨리 본다는 생각에 좋아졌다.

아줌마들은 바타르의 설명이 끝나기가 무섭게 질문을 퍼붓기 시작했다. 여행이 아니라 바타르의 신상에 관해서였다. 맨 앞 보조석에 앉은 바타르는 몸을 우리 쪽으로 돌린 채 아줌마들의 질문에 선선히 대답해 주었다.

호텔에 도착하기 전 아줌마들은 바타르가 스물세 살이며 방학 동안만 가이드를 한다는 것, 고비 사막 코스는 두 번째 간다는 것, 사 남매 중 장남으로 할머니와 부모님 그리고 막냇동생은 울란바토르 근교에서, 바타르는 울란바토르의 아파트에서 학교와 직장에 다니는 여동생들과 살고 있다는 것, 경상도에 있는 학교에 교환 학생으로 갔었다는 것을 알아냈다. 그 덕분에 바타르는 아줌마들의 사투리를 알아들었다. 아줌마들은 전생의 인연이라도 만난 듯 한바탕 호들갑을 떨었다. 조카가, 바타르가 교환 학생으로 왔던 대학에 다닌다는 정선 아줌마는 특히 더 흥분했다. 몽골 군대는 돈을 내면 면제받을 수 있기 때문에 열심히 돈을 모으고 있다는 것, 여행사를 차리는 게 꿈이며 어머니 나이가 아줌마들보다 어린 마흔세 살이고 2년 사귄 여자 친구와 세 달 전 헤어졌다는 것도 알아냈다. 내게 영양가 있는 정보는 바타르한테 현재 여자 친구가 없다는 것뿐이었다.

6

자정이 다 돼서야 호텔에 도착했다. 호텔이라고 해서 근사할 줄 알았더니 퀸 사이즈 침대 하나와 화장대, 간이 탁자가 놓인 단출한 방이었다. 엄마가 내게 먼저 씻으라고 하며 휴대폰을 꺼냈다. 오빠는 계속 카톡을 보지 않았다. 내일 고비 사막으로 가면 와이파이는커녕 휴대폰도 안 된다는 말에 엄마는 더 초조해했다. 아빠에게 보이스톡을 건 엄마는 잠결에 받은 아빠한테 애가 안 들어왔는데 잠이 오느냐고 화를 냈다.

먼저 샤워를 마치고 목욕 가운을 입자 여행 온 실감이 났다. 나도 모르게 노래를 흥얼거리며 드라이어로 머리를 말리고 있는데 엄마가 노크도 없이 욕실에 들어왔다. 표정이 밝았다.

"오빠랑 연락됐어? 뭐 했대?"

"논술 팀 중에 그만두는 애 있어서 노래방 가서 놀다 왔대. 샤워는 내일 하고 세수나 하고 자야겠다."

엄마는 클렌징 폼을 얼굴에 발랐다.

욕실에서 나온 나는 스킨과 로션을 바른 뒤 침대 위로 몸을 던졌다. 잠시 뒤 엄마도 내 옆에 누웠다. 어느덧 새벽 1시가 넘었다. 이제 다섯 시간 뒤면 바타르를 만난다. 지노 오빠를 만나는 것처럼 설렜다. 나는 기분이 한껏 좋아져 엄마를 끌어안았다. 귀찮다며 뿌리칠 줄 알았던 엄마가 슬며시 내 팔을 쓰다듬었다. 그러자 오글거리는 기분이 들어 슬그머니 팔을 빼냈다.

“참, 네가 좋아하는 가수 이름이 뭐랬지? 네 방 사진에 있는 애 말이야.”

엄마가 뜬금없이 물었다. 야누스가 내 성적을 떨어뜨리는 암적인 존재라 여기고 있는 엄마는 그동안 오빠들을 화제로 삼는 것조차 싫어했다. 고등학교 가서 덕질하면 더 문제니까 차라리 지금 실컷 하게 놔두라는 고모의 경험 어린 조언 덕에 겨우 봐주고 있는 거였다. 그렇지 않았으면 야누스 브로마이드는 벌써 열두 번도 더 찢겨 나갔을 테고, 팬 미팅이나 공개 방송에 가려면 거짓말을 하거나 전쟁을 치러야 했을 것이다. 엄마가 야누스에 대해 반감 없이 말하는 건 처음이었다.

“카인 오빠? 그건 왜?”

“그냥. 카인이라고? 예명이겠지?”

엄마가 내가 좋아하는 카인 오빠에게 관심을 가졌다!

“카인 오빠 이름은 조정국이야. 근데 엄마 있지, 브로마이드에 있는 야누스 오빠들 얼굴 생각나? 카인 오빠랑 같이 앞쪽에 있는 오빠 말이야. 지노 오빤데 가이드 오빠랑 똑같이 생겼다."

나는 엄마와 함께 야누스 오빠들 이야기를 한다는 게 마냥 좋아 목소리가 커졌다. 엄마는 잠시 말이 없다가 혼잣말처럼 중얼거렸다.

"아, 지노……."

"응, 그 오빠 진짜 이름은 서진오야. 지노 오빠는 그냥 자기 이름으로 하고 싶었는데 다른 그룹에 진오라는 이름이 있어서 지노로 바꾼 거야. 또 궁금한 거 없어?"

나는 야누스 멤버 다섯 명을 친오빠 정형인에 관해서보다 더 많이 알았다. 하지만 아차 싶었다. 그런 거 외울 시간에 공부나 좀 하지, 하는 엄마의 핀잔과 함께 모처럼 좋았던 분위기가 깨질 것 같아서였다.

"아유, 피곤하다. 내일 새벽에 일어나려면 얼른 자."

뜻밖에 엄마는 그 말만 하고는 돌아눕더니 바로 코를 골기 시작했다. 나는 엄마의 코 고는 소리 때문이 아니라 내일부터 5일 동안이나 바타르와 함께 다닐 생각에 한참 동안 잠이 오지 않았다.

둘째 날, 별을 보는 시간

1

야누스와 함께 밴을 타고 드라이브하는 이벤트에 당첨된 꿈을 꾸는 중이었다. 꿈인 걸 아는데도 차 문을 여는 손이 떨렸다. 차 안에는 지노 오빠 혼자 있었다. 가만, 왜 지노 오빠지? 카노 커플링 팬픽을 쓰긴 하지만 나는 카인 오빠 팬이다. 그때 엄마 목소리가 끼어들었다.

"엄마가 아들 믿는 거 알지? 그래, 오늘도 힘내."

엄마는 자기 말이 오빠의 기운을 돋우는 영양제라도 되는 줄 안다. 오빠는 어떨지 몰라도 내게는 손발이 오그라드는 소리다. 나는 그냥 "너 하는 일이 그렇지 뭐.", "행여나 퍽도 잘하겠다." 같은 말이 더 편하다.

"엄마 이제 사막에 들어가면 나흘 동안 통화 못 하니까 밥 잘 챙겨 먹고 홍삼액이랑 오메가쓰리도 빼놓지 말고 먹어. 아들 힘든데 엄마만 이렇게 놀러 와서 미안해. 울란바토르에 돌아오면 또 전화할게. 잘 지내고 있어, 아들."

절절한 엄마 목소리가 이어지는 이상 야누스의 밴이 아니라 호텔에 있다는 걸 모른 척할 수 없었다. 그래도 꿈에서 완전히 깨기 싫었던 나는 실눈을 뜨고 소리가 난 쪽을 바라보았다. 간이 테이블에 앉아 있는 엄마의 옆모습이 보였다. 나는 눈을 크게 떴다. 전화를 끊은 엄마가 우는 것 같았다. 내 기척을 느낀 듯 엄마는 일어나 욕실로 들어갔다. 여행 와서까지 오빠 생각뿐인 엄마는 슈퍼 울트라 아들바보 맞는다. 아빠 말마따나 딸바보는 명함도 못 내밀 수준이다.

엄마가 조용히 욕실로 가 준 덕분에 이제 나는 지노 오빠인지 바타르인지 구분이 잘 가지 않는 남자와 야누스의 밴을 타고 드라이브하는 꿈에서 깨지 않아도 됐다. 그렇게 깜빡 다시 잠에 빠졌다. 지노 오빠인지 바타르인지 모르겠는 남자가 내게 꽃을 주었다.

"정다인, 샤워 안 할 거지? 그럼 조금 더 자."

엄마 말이 다 끝나기도 전에 나는 벌떡 일어났다. 샤워를 안 하다니, 그럴 수는 없다. 향수는 아니더라도 향긋한 샴푸 냄새라도 풍겨야 한다.

"샴푸랑 바디 워시, 남겨 놓은 걸로 써."

엄마는 목욕 가운을 입은 채 화장대 앞에 앉았다.

"아침 안 하니까 너무 좋다!"

엄마는 화장품을 바르며 콧노래까지 불렀다. 샤워를 하는 동안 기분을 바꾸기로 마음먹었나 보다. 나쁘지 않았다. 둘이 온 여행에서까지도 오빠 생각만 하는 엄마를 보는 건 씁쓸한 일이니까.

욕실로 들어간 나는 머리를 감고 샤워를 했다. 이렇게 행복한 기분으로 하루를 시작한 게 얼마 만인지 기억도 나지 않았다. 팬픽 카페 재뉴어리에서 놀다 보면 새벽에 잠들기 일쑤였다. 폭풍처럼 쏟아지는 엄마의 잔소리를 들어가며 간신히 일어나면 수행 평가 과제 마감일이든, 쪽지 시험 보는 날이든, 무언가 하나씩은 꼭 마음을 짓누르는 일이 기다리고 있었다. 그런데 오늘은 아무것도 없다. 그냥 잘 놀기만 하면 된다. 그것도 지노 오빠 닮은 바타르랑. 신난다! 이래서 사람들이 여행을 떠나나 보다.

나는 야누스의 노래를 흥얼거렸다. 이번에 발표한 정규

앨범 2집의 타이틀곡 〈습관〉이다. 음악 방송 1위를 위해 우리는 신곡이 발표되자마자 음원을 다운받고, 스트리밍을 돌리고, 노래를 외웠다.

오늘도 난 네 창문 앞을 서성대
꿈에 보던 네 미소 잊지 못한 채
눈물이 흘러도
내 맘이 아파도
새벽은 찾아오고
창문을 열어 줘
open your mind, baby
창문을 열어 줘
I'll show you the world, baby

지노 오빠의 솔로 파트다. 가사만 보면 짝사랑에 빠진 남자의 순애보 같지만 실은 양다리 걸치다 들켜 싹싹 빌며 다시 매달리는 내용이다. 노래를 듣고 있노라면 지노 오빠가 매달리는 대상이 마치 나인 것처럼 느껴졌다. 나는 이제는 완전히 지노로 넘어간 듯한 허약한 팬심을 덮기 위해 다른 생각을 했다.

남자 아이돌처럼 잘생기고 매력 넘치는 사람들이 선생님이라면, 교실에 그런 남자애라도 있다면, 날마다 소풍 가는 기분으로 학교에 갈 거다. 하지만 학교엔 여자 선생님들이 훨씬 많고, 교실엔 땀내 푹푹 풍기는 여드름투성이 남자애들뿐이다. 현실에선 불가능하기에 상상이라도 하고 싶어서 내가 팬픽을 쓰는 거다.

「비밀의 공간」 연재가 끝나면 지노 오빠를 주인공으로 이성 팬픽을 쓰고 싶은 마음이 샴푸 거품처럼 부풀어 올랐다. 지노 오빠가 다른 여자와 사귀는 건 상상만 해도 싫지만 그 여주인공이 나라고 생각하면 그보다 설레는 일도 없다. 어느 날 길거리 캐스팅이 돼, 성형 미인이 득시글거리는 연예계에 혜성처럼 나타난 정다인. 자연미를 무기로 무명일 새도 없이 지노와 함께 뮤직비디오를 찍는데……. 배경은 물론 몽골이다.

아줌마들에게도 배역을 줘야겠다. 듣보작가 아줌마는 촬영 감독, 대박논술 아줌마는 스타일리스트, 바람맞은 아줌마는 헤어, 카이스트 아줌마는 메이크업 담당이다. 실적미달 아줌마는 스케줄 담당, 그림자 아줌마는 없는 것처럼 조용하니 매니저를 시켜 줄까? 그래도 의리가 있지. 매니저는 엄마. 나보다 힘센 매니저가 아니라 나한테 절절매는, 내가 구박해도 꼼짝 못 하는 매니저.

욕실의 작은 창으로 울란바토르의 아침이 밝아 오고 있었다. 단층집들과 빌라처럼 낮은 건물들이 보였다. 주택 마당엔 게르가 있었다. 유목민들의 집인 게르가 도시에 있는 게 신기했다. 내 팬픽의 무대가 될지도 모른다고 생각하자 풍경들이 달리 보였다.

2

고비 사막에는 국내선 비행기를 타고 간다고 했다. 차로 가면 열 시간도 넘게 걸리는데 비행기로는 두 시간도 안 걸린다. 듣보작가 아줌마가 고비는 차를 타고 가야 제맛이지만 우리를 위해서 비행기를 택한 거라고 했다. 열 시간도 넘게 차로 가는 게 제맛이라는 말은 듣도 보도 못했다. 어쨌거나 평생 처음인 비행기를 이틀 연달아 타다니 여행 한번 제대로 하는 것 같았다.

엄마의 채근을 받으며 식당으로 내려가자 분장 수준의 화장을 한 아줌마들이 이미 테이블 두 개에 나눠 앉아 있었다. 챙 넓은 모자에 얼굴 반을 가리는 선글라스, 길게 늘어뜨린 스카프 등 있는 대로 멋을 부린 아줌마들은 자기들이 뮤직비디오를 찍으러 가는 줄 아는 모양이다. 그러고 보니 엄마도 햇볕에 얼굴 탈까 봐 그런다면서 선크림 위에 콤팩트를 두드려 댔다. 그 덕분인지 기미와 점들이 감쪽같이 사라져 세 살은 더 젊어 보였다.

새로 산 옷을 카인 오빠 생파 때 입으려고 집에 두고 온 게 후회스러웠다. 행운이 있을 거라는 이번 달 별자리 운세를 믿지 않은 벌이다. 그나마 비비 크림과 틴트를 발랐다는 게 위안이 됐다. 엄마와 나는 대박논술 아줌마와 카이스트 아줌마가 앉아 있는 테이블로 갔다.

무릎을 살짝 덮는 레깅스 위에 하늘하늘한 원피스를 입은 대박논술 아줌마는 엄마와 친구라는 게 믿기지 않을 만큼 젊어 보였다. 돈의 힘으로 유지되는 동안이라고 엄마가 말했던 게 생각났지만 내 눈에는 멋있게만 보였다. 자기 자식 얼굴에도 편견 없이 현대 의학의 도움을 줄 것 같아서 아줌마의 딸이 부럽기까지 했다. 엄마가 남의 애 성적만 따지지 말고 그런 것도 좀 알았으면 좋겠다. 이제부터 대박논술 아줌마가 아니라 최강동안 아줌마다.

"잘 때 춥지 않았어?"

최강동안 아줌마가 우리에게 물었다. 그 말을 듣자 잠결에 추워서 엄마 품으로 파고들었던 게 생각났다. 엄마도 기억할까? 나는 엄마를 슬쩍 바라보았다.

"괜찮던데 느그들은 추웠나?"

엄마가 아줌마들에게 물었다.

"자다가 인나서 옷 더 껴입고 잤다. 말이 호텔이지 여관만도 못하다 아이가."

카이스트 아줌마가 말했다. 그런 줄도 모르고 호텔 기분 내면서 잔 게 멋쩍기는 했지만 자기 전에 그 사실을 안 것보단 나았다.

웨이터가 빵과 달걀프라이, 커피, 주스 등이 담긴 카트를 밀고 왔다. 기대했던 호텔식이 고작 토스트여서 실망했는데 이른 시간이라 그것도 특별히 주문한 거라고 했다. 듣보작가 아줌마 설명 때문인지 버터를 발라 갓 구운 토스트는 꽤 맛있었다. 순식간에 두 쪽을 다 먹고 최강동안 아줌마가 남긴 빵 한 쪽을 더 먹고 있는데 아줌마들이 동시에 "바타르!" 하고 소리쳤다.

그가 왔다. 그런데 하필 그 순간 내 입에는 방금 베어 문 빵이 가득 들어 있었다. 입구를 등지고 앉아 있어서 그나마 다행이다.

"안녕히 주무셨어요?"

바타르가 내 옆에 멈춰 섰다. 곁눈질로 보니 시야에 녹색 체크무늬 셔츠와 청바지가 들어왔다. 청바지 핏이 유행에 뒤진 게 아쉬웠다. 바타르가 내 남자 친구라면 스타일을 바꿔 주고 싶다.

아줌마들이 한목소리로 바타르에게 아침을 권했다. 바타르는 커피나 한잔 마시겠다며 비어 있는 옆 테이블에 앉았다. 그 자리로 옮겨 가고 싶었다. 최강동안 아줌마가 "다인인 커피 안 마시지?" 하며 내 앞에 세팅돼 있던 커피 잔을 가져갔다. '바타르가 내 남자 친구라면…….'을 상상하고 있던 내게 '넌 커피 마실 나이도 안 된 어린애야.'라고 선언하는 것 같았다.

최강동안 아줌마는 내 것이었던 잔에 커피를 따라 바타르에게 건넸다. 겨우 음식을 다 삼킨 나는 고개를 들어 바타르 쪽을 보았다.

"감사합니다."

커피를 마시려다 나와 눈이 마주친 바타르가 싱긋 웃으며 잔을 살짝 들어 보였다. 그의 미소엔 사람을 이상하게 만드는 강력한 무언가가 있는 게 틀림없다. 그러지 않고서야 미소 한 방에 이렇게 온몸에 힘이 쭉 빠지고 머릿속이 어지럽고 심장이 벌렁거릴 수는 없는 거다. 나는 꿈속의 밴에 있던 남자가 바타르라고 결론을 내렸다. 그러자 어제 잠깐 보고 오늘 제대로 처음 보는 바타르를 오래전부터 알고 있었던 느낌이 들었다. 호텔 커피 잔인데 굳이 내게 고맙다는 표시를 한 걸 보면 바타르 역시 날 그렇게 생각한다는 신호가 아닐까.

"이제 보니 커플 룩이네. 느그들 커플 룩 입자고 짰나?"

아침 식사를 끝내고 식당을 나설 때 실적미달 아줌마가 웃으며 말했다. 나와 바타르를 두고 한 말이었다. 그러고 보니 둘 다 체크무늬 셔츠에 청바지 차림이다. 우리는 서로의 옷을 살피다 눈이 마주쳤다. 바타르가 웃었고 나는 또 아까 같은 증상을 느꼈다. 솔직히 나나 바타르의 옷차림은 마음에 들지 않았지만 다른 사람들에게 커플 룩으로 보이는 건 싫지 않았다. 싫지 않은 정도가 아니라 진짜 커플이 된 것처럼 설렜다.

3

울란바토르에서 남고비의 관문이라는 달란자가드까지 가는 국내선 비행기는 여행객들로 꽉 차 있었다. 나는 가끔 스트레칭하는 척하며 내 뒤쪽 자리에 앉은 바타르를 훔쳐보았다. 커플 룩 이야기가 나왔을 때 바타르도 분명히 싫지 않은 표정이었다.

드디어 달란자가드에 도착했다. 공항은 우리나라 시외버스 터미널 정도의 규모였다. 기다리고 있을 거라던 차는 보이지 않았다. 비행기에서 내린 사람들이 모두 빠져나간 공항 안엔 우리 일행뿐이었다. 바타르가 미안해하기도 전에 아줌마들은 금방 오겠지, 여기도 좋네, 어차피 노는데 좀 늦으면 어때, 하며 세상 이해심 많은 얼굴을 했다.

한 시간쯤 지났을 때에야 폐차장으로 가면 어울릴 만한 낡은 차가 나타났다. 바타르는 기사와 반갑게 인사를 나눈 뒤 차가 고장 나서 수리하느라 늦었다는 기사의 말을 전해 주었다.

투박하게 생긴 러시아산 승합차는 12인승이었다. 하지만 기사까지 열 명인 데다 자잘한 짐들이 많아 큰 가방은 차 지붕 위로 올리기로 했다. 바타르가 기사와 함께 가방들을 싣는 동안 나는 머리를 굴렸다.

아줌마들은 뒷자리에 함께 앉을 테고 가이드인 바타르는 당연히 앞자리 보조석에 앉겠지. 나는 운전석과 보조석 사이 자리에 눈독을 들였다. 그 자리에 앉는다고 하면 엄마나 아줌마들이 이상하게 보지 않을까? 아니, 내가 자기들 틈에 끼어 걸리적거리는 것보다 따로 앉는 걸 좋아할 수도 있다.

바타르와 나란히 앉아 갈 걸 생각하니 저절로 입꼬리가 올라갔다. 대화를 해 보면 그는 곧 내가 얼굴보다 내면이 더 예쁘고 재미있는 아이라는 걸 알게 될 거다. 나는 아줌마들을 위해 불편한 자리를 감수한다는 표정으로 가운데 자리에 먼저 탔다. 두근거리는 마음으로 바타르가 옆에 앉길 기다리는데 최강동안 아줌마가 자기는 남이 운전하는 차를 타면 멀미 난다면서 냉큼 보조석에 올라앉았다.

"바타르야, 이리 온나. 여 앉아라."

덕분에 뒤 칸의 아줌마들이 신이 났다. 뒤를 돌아다보니 바타르는 역방향으로 앉아 있어 뒤통수밖에 안 보였다. 엄마와 마주 앉은 자리였다. 나는 공연히 엄마를 한번 째려보고는 고개를 돌렸다.

차가 출발했다. 차가 덜컹거리는 통에 자꾸 기사 아저씨와 최강동안 아줌마에게 부딪혔다. 아줌마야 괜찮지만 운전하는 아저씨에게는 심히 방해되는 일이었다. 이때가 그 점을 어필하면 뒷자리로 가도 속 보이지 않겠지.

"길이 이렇게 험한 줄 알았으면 멀미약 챙겨 왔을 텐데. 다인아, 너는 속 괜찮니?"

최강동안 아줌마가 내게 물었다.

"네, 저는 차멀미 안 해요."

나도 모르게 말투가 퉁명스러워졌다. 그때 뒤 칸에서 와르르 웃음소리가 터져 나왔다. 바타르의 말끝이었다. 속, 안 괜찮다. 아줌마 때문에 바타르의 말을 놓쳐 속상했다. 귀를 세우고 뒤 칸의 이야기에 집중했으나 바타르 대신 듣보작가 아줌마 말이 이어졌다. 달란자가드는 남고비 지역 여행자들에게는 사막의 오아시스 같은 곳이다. 여기를 벗어나면 가게는커녕 사람 만나기도 쉽지 않을 거라고 했다. 여행사와 조율해 단체 여행이지만 자유 여행 같은 일정을 짰다는 듣보작가 아줌마 말에 다른 아줌마들이 박수를 쳤다.

아줌마들은 친구 덕에 특별한 경험을 해 본다며 앞으로는

1년에 한 번씩 다니자고 떠들어 댔다. 나는 아줌마들이 계속 다음 여행이나 계획하고 이번 여행에는 관심 없기를 바랐다. 내버려 두기만 하면 바타르와 잘될 자신이 있었다.

차가 멈춰 섰다.

"여기, 시장에서 물하고 점심 사야 해요."

바타르가 말했다. 자리 바꿀 기회가 왔다. 시장은 상인들과 장 보러 나온 현지 사람들, 우리 같은 관광객들이 뒤섞여 제법 북적거렸다. 차에서 내리자마자 아줌마들은 바타르를 에워싼 채 질문을 퍼부었다.

"바타르, 저기 할매들이 앉아서 파는 건 뭐꼬?"

"바타르, 이 시장은 날마다 열리는 기가?"

"바타르, 저 과일은 무슨 맛이고?"

"바타르, 저기 파는 신발들 다 진짜 가죽이가?"

바타르, 바타르……. 내가 비집고 들어갈 틈은 없었다.

좋은 여친이 되려면 남친의 일을 이해할 줄 알아야 한다. 우리가 가상 연애 프로그램에 출연 중인 카인 오빠를 일하는 거라고 이해하는 것처럼. 카인 오빠랑 알콩달콩 연애하는 걸 그룹 멤버가 죽도록 얄미워도 공개적으로는 까지 않는 것처럼. 엄마는 내가 야누스 오빠들 좋아하느라 시간과 돈을 낭비한다고만 여기지만 내가 깨우친 인생의 진리는 대부분 덕질하면서 덤으로 얻은 것들이다.

나는 너그러워진 마음으로 아줌마들 뒤를 따라 걸으며 시장 풍경을 찍었다. 바타르도 찍고 싶었지만 아줌마들이 걸리지 않는 장면은 없었다. 그래도 나중에 아줌마들을 잘라낼 생각으로 몇 장 찍었다. 마지막으로 마트에 들러 생수와 캔 맥주를 박스째 샀다. 아줌마들이 맥주 마시고 취하면 바타르와 친해질 기회다. 내게도 먹고 싶은 걸 고르라는 말에 음료수와 스낵, 초콜릿 같은 것들을 담았다. 물론 바타르와 알콩달콩 함께 먹는 걸 상상하며.

마트에서 나오자 바로 앞에 차가 대기하고 있었다. 장 본 물건들을 차에 싣는 동안 뒤 칸에 앉으려고 눈치를 보고 있는데 바타르가 내게 다가오더니 말했다.

"아까 그 자리에 잡는 거 없어서 위험해요. 뒤에 타요."

기사 아저씨가 말해 준 모양이다. 이것 봐, 기사 아저씨까지 내 편이야!

뒤 칸에는 세 명씩 앉을 수 있는 좌석이 세 줄 있었는데 앞의 두 줄은 마주 보는 자리였고 맨 뒷줄은 앞을 향하고 있었다. 나는 역방향 문가에 앉은 바타르 옆이나 마주 보는 앞자리에 앉고 싶었는데 아줌마들이 맨 뒤로 가라고 했다. 그렇게 뒷자리가 좋으면 자기들이 앉을 일이지, 속으로 투덜대며 안으로 들어가자 내 옆에 그림자 아줌마가 앉았다. 조용한 아줌마라 그나마 다행이었다.

내가 원했던 바타르 옆자리와 앞자리엔 아까처럼 듣보작가 아줌마와 엄마가 앉았다. 내 자리는 바타르와 대각선으로 마주 보이는 자리였다. 차 뒤 칸에서 가장 멀리 떨어져 있으면서 얼굴은 마주 봐야 하는 불편한 자리였다.

4

차는 이제 본격적으로 고비 사막을 달리기 시작했다.

"앞으로 차 더 많이 흔들리니까 조심하세요."

바타르의 말이 채 끝나기도 전에 차가 덜컹거렸고 여기저기서 비명이 쏟아져 나왔다. 나도 어깨를 창틀에 세게 부딪혔다. 악 소리가 절로 나왔다. 바타르가 내게 괜찮은지 걱정하는 눈길을 보내왔다. 그러자 이상하게 아픔이 가셨다. 바타르의 눈길에는 치료제도 들어 있었다.

"사막이라 캐서 모래밭 천지인 줄 알았더만 맨 돌이네. 우찌 된 기고?"

실적미달 아줌마가 창문 위에 달린 손잡이를 힘껏 움켜쥔 채 말했다. 솔직히 나도 그런 줄 알고 있었다. 다른 아줌마들도 이리저리 흔들리며 동조했다.

"고비에는 모래 안 많아요."

바타르가 웃으며 말했다. 그때 카이스트 아줌마가 가방에서 종이를 꺼냈다.

"인터넷에서 고비 사막 뽑아 왔으니까네 돌려 가면서 읽어 봐라."

아들만 카이스트생이 아니라 엄마도 학구파다. 그 아들의 고충이 짐작됐다.

이래 흔들리는 데서 우예 읽노, 벌써 잔글씨는 안 보인다, 니가 읽어 봐라, 한마디씩 하는 중에 바람맞은 아줌마가 숙희 딸내미한테 읽으라 캐라, 했다. 그러자 내 의사는 물어보지도 않고 종이가 내게로 건너왔다. 바타르가 들을 거라고 생각하니 부끄러워 종이로 얼굴을 가리고 읽었다.

고비 사막. 몽골 고원 내부에 펼쳐진 거대한 사막으로 동서 길이가 1,600킬로미터에 이른다. 고비란 몽골어로 '풀이 자라지 않는 거친 땅'이란 뜻으로 모래땅이란 뜻은 포함되어 있지 않다. 고비 사막 대부분은 암석으로 이루어져 있으며 모래로 이루어진 지역은 매우 적다. 일반적으로 고비 사막이라 부르는 범위 안에는 넓은 초원 지대가 포함되어 있다.

고비 사막에는 영양류, 설치류 등의 야생동물이 살고 가축으로는 염소, 양을 비롯하여 소, 낙타, 말 등이 사육된다. 고비 사막은 공룡 화석의 보고로서 1922년에는 프로토케라톱스의 뼈와 공룡 알들 화석이 발견되었고, 1960년대에는 벨로키랍토르와 프로토케라톱스 공룡 화석이 한 마리씩 발견됐으며, 1992년에는 날지 못하는 새의 친척인 모노니쿠스 화석이 발견되었다.*

다 읽은 뒤 슬쩍 보니 바타르는 당황한 듯 얼른 눈길을 돌렸다. 날 보고 있었나 보다. 어려운 단어도 많고 특히 공룡 이름 말할 때 버벅거린 게 신경 쓰였지만 바타르는 외국 사람이니까 그런 것까지 눈치채지는 못했겠지.

외국 사람. 갑자기 코앞의 바타르와 나 사이에 높은 장벽이 들어서는 느낌이 들었다. 나는 아줌마들이 하는 이야기로 애써 관심을 돌렸다.

---

* 고비 사막에 관한 내용은 '두산 백과'에서 발췌한 뒤 윤문하였음.

무지하게 넓네, 그라면 쥐라기 공원처럼 저 들판으로 공룡 떼가 막 뛰어댕겼다는 말 아이가, 신기하네, 아는 만큼 보인다 카더니 참말이네, 들판이 뭔가 달라 보이지 않나.

아줌마들 말에 전에 보았던 공룡 영화가 떠올랐다. 여덟 살 무렵 〈쥐라기 월드〉를 보고 그날 밤 공룡에게 잡혀 찢기는 꿈을 꾸다 오줌까지 쌌다. 나와 달리 오빠는 그 영화에 열광했고 보통 아이들보다 더 오래 공룡에 빠져 있었던 것 같다. 집에 있던 어린이 백과사전 중 공룡에 관한 책만 눈에 띄게 닳았으며 책장 한 칸은 오빠가 모은 공룡 모형들로 빼곡했다.

오빠가 예비 중학생이던 겨울 방학, 엄마는 공룡 모형들을 상자에 쓸어 담아 사촌 동생에게 줬다. 그리고 그 자리에 중학생이 읽어야 할 시, 소설 같은 책들을 꽂아 놓았다. 나 같으면 울고불고 난리가 났을 텐데 오빠는 시무룩한 얼굴만 했을 뿐이었다. 고모네 집에 가서도 원래 자기 것이었던 공룡에는 눈길도 주지 않았다.

"우리도 공룡 화석 발견된 곳 갈 거예요. 숙소에서 가까워요. 그리고 고비에 신기한 거 또 있어요. 쯔리레……. 한국말 뭔지 생각 안 나요."

바타르가 생각을 모으려는 듯 미간을 찌푸렸다.

"쯔리레? 혹시 신기루 말하는 거예요? 호수나 건물 같은 거 보이는 거."

듣보작가 아줌마 말에 바타르의 표정이 펴졌다.

"네, 맞아요. 신기루, 고비에서 볼 수 있어요."

"춘희, 니는 봤나?"

엄마가 물었다.

"지난번 왔을 때 처음 봤다. 느닷없이 저 들판에 호수가 나타났다 사라지고, 도시가 보였다 사라지는데 참말 신기하더라. 신기루에 홀려서 길 잃었다는 말이 거짓이 아닌기라."

듣보작가 아줌마가 창밖을 바라보자 다른 아줌마들도 거기 신기루가 있기라도 한 것처럼 모두 고개를 돌렸다. 나는 느닷없이 나타나 내 마음을 홀리고 있는 바타르가 신기루 같았다.

아줌마들은 쯔리레를 시작으로 바타르에게 몽골말을 배우기 시작했다. 가도 가도 허허벌판인 사막에서 누구한테 쓰려는 건지 아줌마들은 안녕하세요, 고맙습니다, 물 좀 주세요, 이름이 뭐예요? 몇 살이에요? 등등을 연습하기 시작했다. 쓸 데가 있어서라기보다는 그냥 바타르와 이야기하고 싶어 그러는 것 같았다.

실적미달 아줌마가 금방 배운 걸 기사 아저씨에게 써먹었다. 아저씨 이름은 '다와'이고 서른두 살이었다. '다와'는 월요일이란 뜻인데 월요일에 태어나서 그렇게 지은 것이라고 했다.

"월요일에 태어났다고 월요일이라니, 이름 참 성의 없게 지었다."

"우리나라도 옛날에 삼월이, 오월이 같은 이름 있었잖아."

"내 이름 지을 때도 그캤다 카더라. 우리 오빠 이름이 뭔 줄 아나? 광수다, 광수. 우리 할배가 내한테는 가시나 이름 따로 지을 것도 없이 광수에 니은 자 하나 더 붙여가 광순이로 해라 캤다 안 하나. 우리 어매가 고집 피워가 명화라고 안 올렸으면 내는 광순이었을 기다, 장광순."

바람맞은 아줌마 말에 차가 들썩거릴 정도로 웃음보가 터졌다. 나도 웃음을 참을 수가 없었다.

"명화 니는 평생 어무이한테 큰절하면서 살아야 한다 카이. 장광순이 됐으면 우짤 뻔했노."

실적미달 아줌마 말에 모두 맞장구를 쳤다.

"춘희 니는 개명 신청 안 할 기가?"

카이스트 아줌마가 듣보작가 아줌마에게 물었다. 서영이가 춘희라는 것도 웃겼다.

"서영이로 바꿀까도 했는데 그냥 둘란다. 내사마 본명까지 윤서영이 되면 이상할 거 같다. 춘희로 산 세월이 얼만데, 이름 바꾸면 그 추억도 다 없어질 거 같아서 싫다."

"그러고 보니까 오래간만에 희 자매가 다 모였네. 그때는 숙희가 젤 먼저 작가 될 줄 알았는데. 니 와 그만뒀노?"

최강동안 아줌마가 뒤를 돌아보며 끼어들었다. 뭐? 엄마가 제일 먼저 작가가 될 줄 알았다고? 진짜? 그런데 우리한테 왜 말 안 했지? 그 이유를 알 것 같다. 창피해서다. 예전엔 어땠는지 몰라도 엄마는 알림장에 답글 몇 줄 쓰는 것도 끙끙거렸고, 얼마 전 오빠네 담임 선생님 부탁으로 독후감을 낸 대회에서는 입선에도 못 들었다. 내 자리에선 옆모습밖에 보이지 않아 엄마가 대답 대신 어떤 표정을 지었는지 알 수 없었다.

희 자매라니. 글무지개도 그렇고, 명색이 문학 동아리라면서 그때나 지금이나 이름 짓는 센스하고는. 그러니 서영 아줌마는 듣보작가이고 엄마도 작가가 되지 못한 거다. 만일 우리 엄마가 작가라면 지금과 많이 다를까? 드라마나 책에서 본 작가 모습에 엄마를 대입시켜 보려 했지만 상상이 가질 않았다. 내가 본 어디에도 엄마 같은 사람이 작가인 경우는 없었다.

5

차는 초원이라고 부르기에는 풀보다 메마른 맨땅이 더 많이 보이는 평원을 달리다 덜커덩하고 멈췄다. 고장 났다고 늦게 왔으면서 얼마나 달렸다고 그새 타이어에 펑크가 났다. 우리는 우르르 내려 월요 아저씨와 바타르가 타이어를 갈아 끼우기를 기다렸다. 에어컨이 안 되는 차 안이나 달구어진 프라이팬 같은 밖이나 뜨거운 건 마찬가지였다. 그래도 바퀴를 타고 일어나는 모래 먼지 때문에 창문을 열어 놓을 수 없는 차 안보다 차라리 밖이 나았다.

“뭐를 보여 줄라꼬 사람을 이래 고생시키노?”

“불가마도 이보다는 안 뜨겁겠다.”

다시 차에 탄 아줌마들이 투덜거렸다. 새벽같이 일어난 아줌마들은 떠들기도 지쳤는지 곧 창문에 머리를 박아 가며 졸거나 자기 시작했다. 우리보다 훨씬 덜 잤을 바타르도 꾸벅꾸벅 졸았다. 피곤한 모습이, 아줌마들 등쌀에 지쳐서인 것 같아 안쓰러웠다.

나는 잠이 오지 않아 「비밀의 공간」 다음 연재분을 구상했다. 하지만 자꾸 바타르가 끼어들어 방해했다. 그럼 아예 지노 오빠한테 쌍둥이 형제가 있다는 설정으로 새 팬픽을 써 볼까? 바타르가 지노 오빠보다 한 살 위니까 형이다.

함께 뮤직비디오를 찍는 동안 지노와 다인은 사랑에 빠진다. '성덕' 중 갑이다. 사람들 눈을 피하려고 다른 비행기를 탔는데 지노가 비행기 사고로 죽는다. 충격에 빠진 다인은 연예계를 떠나 혼자 지노와의 추억이 있는 고비 사막으로 여행을 온다. 사막에서 다인은 지노와 똑같이 생긴 바타르를 만난다. 다인은 지노가 환생한 듯한 바타르에게 혼란스러운 감정을 느낀다. 알고 보니 둘은 쌍둥이였다. 그런데 한국 사람과 몽골 사람을 어떻게 형제로 묶지? 어렸을 때 잃어버렸다고 할 수도 없고. 나는 눈앞에 있는 바타르를 두고 더는 비현실적인 스토리를 짜내고 싶지 않았다.

그 생각이 현실을 일깨워 주듯 배에서 꼬르륵거리는 소리가 났다. 어찌나 큰지 바타르가 들었을까 봐 걱정됐다. 사정없이 흔들리는 차 때문에 운동이 된 건지 배가 많이 고팠다.

바타르가 그 소리를 들은 것처럼 점심을 먹고 가자고 했다. 이따 들를 독수리 계곡에서 먹을 계획이었는데 시간이 너무 지체됐다고 했다.

"이 땡볕에서 우예 밥을 먹노?"

"그래도 허기진 것보다는 낫다."

차에서 내려 달란자가드에서 산 음식들을 꺼냈으나 아침에도 빵을 먹었는데 점심에 또 먹으려니 밥 생각이 간절했다. 아줌마들도 나와 같았다.

"바타르, 다와한테 혹시 차에 버너랑 코펠 같은 거 있나 물어봐 줘."

듣보작가 아줌마 말에 바타르가 월요 아저씨한테 물어보더니 있다고 했다. 아줌마들이 환호성을 질렀다. 버너와 코펠은 물론 은색 돗자리까지 꺼내 온 월요 아저씨는 귀찮아하지도 않고 지붕 위에서 가방을 내려 주었다. 신이 난 아줌마들은 가방에서 즉석 밥과 컵라면, 밑반찬들을 꺼냈다. 바타르가 버너에 불을 붙이고 생수 담은 코펠을 올려놓았다. 타이어를 갈 때도, 지금도 바타르는 말없이 일만 했다. 어눌한 발음으로 한국말을 할 때보다 더 분위기 있어 보였다.

나는 기회를 엿보고 있다가 실수로 두 장 꺼낸 척하며 바타르에게 물티슈를 건넸다. 얼굴을 쓱쓱 문질러 닦던 바타르는 먼지가 누렇게 묻어 나오자 내게 창피한 눈치였다. 나는 다 이해한다는 얼굴로 한 장 더 주었다. 바타르는 팔뚝과 손도 닦았다. 그것만으로도 멀끔해진 얼굴과 팔뚝에 바르라고 선크림도 주고 싶었지만 참았다. 아까부터 엄마의 눈길이 느껴졌다.

아줌마들이 팔팔 끓기 시작한 물을 컵라면에 부으려고 하자 바타르가 펄쩍 뛰며 말렸다.

"뜨거워요. 위험합니다. 내가 해요."

바타르는 그래도 하겠다는 바람맞은 아줌마를 감싸 안듯이 데려가 차 그늘에 앉혔다.

"장명화 씨. 여기, 가만히 쉬고 있어요."

아줌마 얼굴이 푹 삶은 꽃게처럼 빨게졌다.

바타르는 한 사람, 한 사람, 아줌마들의 이름을 불러 물 부은 컵라면을 건넸다. 나는 바타르가 내 이름을 기억하고 있을지 궁금하고 또 기대됐다. 사랑의 시작은 이름을 불러 주는 거라고 유명한 시에서도 말하지 않았던가. 그럼 아줌마들 이름을 불러 준 건? 그거야 고객이니 어쩔 수 없지.

이제 엄마 차례이니 그다음은 나다.

"양숙희 씨, 맛있게 드세요."

바타르가 엄마에게 물 부은 컵라면을 건네주었다. 그때 엄마가 말했다.

"우리 딸 것도 주이소. 뜨거워서 엎을까 겁난다."

말릴 새도 없었다. 실수나 저지르는 아이 취급한 엄마에게 화가 치밀었지만 바타르가 코앞에 있어 아무 말도 못 하니 더 짜증이 났다. 그런데 바타르가 내 컵라면을 엄마에게 주는 대신 직접 돗자리 위에 놓아 주었다. 그리고 유난히 부드러운 목소리로 맛있게 먹으라고 했다. 짜증이 스르르 가라앉았다.

라면이 익기를 기다리는 아줌마들은 세상을 다 얻은 듯 행복한 표정이었다. 라면 수프 냄새에 내 배 속도 요동쳤다. 모두에게 컵라면을 나눠 주기 바쁘게 바타르는 또 물을 끓여 즉석 밥을 데웠다. 내가 물티슈를 준 보람도 없이 그의 얼굴에선 땀이 흘렀다.

사막에서의 한국식 점심은 대성공이었다. 컵라면 국물과 즉석 밥은 환상의 궁합이었고, 매콤한 밑반찬들은 식욕 촉진제였다. 아줌마들 성화에 월요 아저씨와 바타르도 점심을 먹기 시작했다. 아저씨는 마트에서 사 온 빵과 음료, 바타르는 컵라면과 즉석 밥을 선택했다. 아줌마들이 바타르에게 밑반찬을 밀어 주었다. 그리고 바타르가 먹는 모습을 흐뭇한 얼굴로 지켜보았다. 엄마도 내가 좋아하는 메추리알 소고기 장조림을 내가 아니라 바타르 앞에 들이밀었다. 나는 바타르 몰래 엄마를 째려보았다. 하지만 바타르가 장조림을 맛있게 먹자 내가 만든 양 뿌듯해졌다.

눈이 마주친 바타르가 많이 먹으라는 눈짓을 보내왔다. 마치 비밀 연애를 하는 것 같았다. 나는 그늘이라곤 차와 사람 그림자밖에 없는 사막에서 김이 설설 나는 라면과 밥을 먹는 게 행복해 죽을 지경이었다.

땀을 줄줄 흘리던 바람맞은 아줌마가 문득 생각났다는 듯 양산을 꺼내 와 썼다.

"아이고. 이제 살겠다, 마."

그걸 본 월요 아저씨가 차에서 우산 두 개를 꺼내다 주었다. 아줌마들은 양산과 우산 그늘 아래로 얼굴을 들이밀었다. 타 죽을 것처럼 덥다가도 그늘 안에만 들어가면 시원해지는 이유는 습기가 없기 때문이라고 했다. 하지만 아줌마들 틈에 끼어 우산을 쓰고 싶지는 않았다.

엄마가 아빠네 회사 마크가 박힌 캠핑 모자를 내밀었다.

엄마가 가방에 챙길 때만 해도 나는 절대 쓰지 않을 거라고 장담했는데 손이 저절로 나가 모자를 받아 들었다. 그 그늘만으로도 살 것 같았다. 아줌마들은 밥 먹다 말고 사진을 찍어 대기 시작했고 단체 사진은 바타르가 찍어 주었다.

배부르게 먹고 나니 화장실이 문제였다. 바타르가 웃으며 말했다.

"그 우산, 화장실도 돼요."

우산으로 가리고 볼일을 보라는 거였다. 바타르가 보고 있는데. 나는 죽어도 할 수 없었다.

"낯 뜨겁구로 우찌 우산 뒤에서 볼일을 보노. 바타르, 화장실 있는 데까지 얼마나 걸리노?"

최강동안 아줌마가 내 마음을 읽은 듯이 물었다. 숙소에 도착하기 전에는 갈 만한 화장실이 없다고 했다.

"이거라도 있으니까 다행이다. 멀리 가면 안 보일 기다."

깔깔거리며 우산으로 시뮬레이션을 해 본 다음 볼일이 급한 세 아줌마가 멀어져 갔다.

"이만하면 됐나?"

목소리는 멀어졌는데도 시야를 가로막는 게 없어서인지 가깝게 보였다.

"다 보인다! 더 가그라."

"이제 안 보이나?"

"양산 꽃무늬까지 다 보인다. 더 가라."

남은 아줌마들이 골려 주려는 듯 웃으며 말했다.

"더운데 와 아들을 고생시키노."

한 아줌마가 손나팔을 하고 "됐다."라고 소리쳤다.

하늘과 땅이 맞닿은 풍경 속에 거무스름한 우산 두 개와 화려한 꽃무늬 양산 한 개가 펼쳐진 채 놓여 있는 모습은 무슨 설치 미술처럼 멋있어 보였다. 페북에 올려서 애들한테 퀴즈 낼 생각으로 그 장면을 찍었다. 그리고 바타르가 아줌마들과 함께 뒷정리를 하는 사이 얼른 뛰어가 우산 화장실을 사용했다. 멀리서 볼 때는 옆과 뒤를 다 내놓고 앞만 가리고 있는 게 우스웠지만 직접 사용해 보니 시원했다.

디저트로 아줌마들은 커피를, 나는 탄산음료를 마시고 난 뒤 다시 출발했다. 기운을 회복했는지 아줌마들은 다시 떠들기 시작했다. 맥락도 없이 자기가 하고 싶은 이야기를 하던 중 바람맞은 아줌마가 갑자기 물었다.

"느그들, 바타르, 우리나라 연예인 닮은 거 같지 않나?"

쿵, 내려앉은 가슴이 두근거리기 시작했다. 하지만 아줌마들이 아직 신인 그룹인 야누스나 지노 오빠를 알 리 없다.

"맞다, 맞다. 어쩐지 낯이 익더라. 누구 닮았제?"

바타르는 자기가 화제에 오르자 호기심 어린 눈빛으로 아줌마들을 바라보았다. 한국 연예인 닮았다니 궁금하겠지. 그런데 여태 바타르한테 그런 말을 해 준 사람이 없었다는 게 이상했다. 어른들 상대로 가이드를 해서인가? 예상했던 상황은 아니지만 바타르에게 내 존재를 확실하게 알려 줄 순간이 왔다. 내가 막 입을 떼려는 순간 엄마가 말했다.

"야누스에 지노 닮았다카이."

나는 어이가 없어 엄마를 바라보았다. 지난밤 지노 오빠 이야기를 하긴 했지만 엄마가 이름을 기억하고 있을 줄은 몰랐다.

"야누스? 그런 그룹도 있나?"

"지노가 누꼬?"

"숙희, 니는 우예 그리 잘 아노?"

엄마는 나한테 들었다는 말을 하지 않았다. 컵라면에 이어 지노 오빠까지……. 작정한 듯 나를 방해하고 있다.

"나중에 인터넷 찾아보겠어요."

바타르가 웃으며 말했다. 나는 내 휴대폰에 지노 오빠 사진이 있다는 걸 말하지 않았다. 알려 봤자 아줌마들이 휴대폰을 강탈해 바타르와 머리를 맞대고 지노 오빠 사진을 들여다볼 게 뻔했다. 그러다 친구들이랑 찍은 내 엽기 사진들을 볼 수도 있다.

나한테 말할 기회를 넘기지 않은 엄마가 원망스러웠다.

“다인아, 바타르 닮은 연예인이 누구랬지?” 아니면 “네 방 사진에 있는 가수 이름이 뭐지?”, “우리 딸이 좋아하는 가수랑 닮았어.” 등등 얼마나 많은데…….

바타르 오빠, 내가 좋아하는 아이돌 가수 닮았어요. 가수? 누구요? 야누스에 지노라고 하는데 직접 작사, 작곡 다 하는 실력파예요. 사진 있는데 보여 줄까요? 보여 줘요. 여기요. 사진을 보다 머리가 맞닿는 것도 모른다. 어? 직접 찍은 사진이네요. 네, 지난번 팬 사인회에 가서 찍은 거예요. 찐팬이거든요. 지노 오빠를 주인공으로 한 팬픽도 써요. 팬픽이 뭐예요? 연예인을 주인공으로 소설 쓰는 거예요. 와, 대단해요! 바타르, 날 새삼스러운 눈으로 바라보다 너무 가까이 있음을 깨닫고 얼굴이 빨개진다. 음악도 들어 볼래요? 우리는 이어폰을 나눠 끼고 음악을 듣는다. 바타르가 내게 묻는다. 이 가수 왜 좋아요? 잘생겼고, 착하고, 친절해서요. 오빠처럼

요. 이게 내 머릿속에 있는 시나리오다.

우리가 지낼 곳이 어떤 데인지 알수록 바타르와의 로맨스가 더 절실해졌다. 그마저 없다면 이 지루한 사막을 무엇으로 견디며 나중에 친구들에게는 무슨 자랑을 한단 말인가. 그러자 질문 하나가 고개를 들었다. 그럼 지루해서, 친구들에게 자랑하기 위해서, 아니면 지노 오빠 닮아서 바타르와 친해지고 싶은 거야?

그건 아니다. 나도 믿어지지 않지만 바타르가 어제보다 오늘 아침, 아침보다 점심 그리고 지금…… 점점 더 좋아지고 있다. 만약 시험에 그 이유를 쓰라는 문제가 나오면 빈칸으로 남겨 둘 수밖에 없다.

너무 먼 별이라 상상 속에서나 로맨스를 꿈꿔 볼 수 있는 카인 오빠, 지노 오빠와 달리 바타르는 지금 내 앞에 있다. 그런데도 아무것도 못 하는 게 안타까웠다. 헤어질 시간이 정해져 있어 더 그런지 몰랐다. 하루를 1년처럼 지내도 아쉬울 지경인데 그저 시간만 흘려보내고 있다. 배꼽시계 외에는 시간이라는 게 존재하지 않는 듯한 고비에서 나만이 초침의 움직임까지 느끼며 초조해하고 있었다.

6

온몸이 기름 속에서 튀겨지는 군만두가 된 것 같은 기분이 들 즈음 '독수리들의 요새'라는 계곡에 도착했다. 거무튀튀하고 거친 산이지만 그늘 하나 없이 텅 빈 들판보다는 나아 보였다. 바타르가 계곡에 가면 지난겨울 얼었던 얼음이 남아 있다고 했다.

말만 들어도 시원타, 퍼뜩 내리라, 얼음덩어리 좀 와삭와삭 씹어 묵었으면 좋겠다. 아줌마들은 바타르가 한 마디 하면 열 마디로 반응했다. 예능 프로그램 방청객으로 가면 보너스까지 받을 리액션이다. 나는 아무리 바타르 말이라고 해도 이 더위에 얼음이 있다는 게 믿기지 않았다. 어쨌든 계곡이 만들어 줄 그늘 안에 들어가는 것만으로도 감지덕지였다. 그런데 그 그늘까지 가려면 한 시간 정도 땡볕 속을 걸어야 했다. 바타르만 아니라면 차에 남았을 거다.

나는 먼저 차에서 내린 엄마가 날 기다리는 걸 모르는 체했다. 우리가 내린 곳에는 말을 빌려주는 사람들이 있었다. 바타르가 말을 타고 가겠느냐고 물었다. 마부가 같이 가기 때문에 처음 타도 위험하지는 않다고 했다. 야누스의 밴을 탔던 꿈은 바타르와 함께 말을 탄다는 예지몽이었나 보다. 엄마에 대한 짜증이 누그러지려는 순간 이번에는 아줌마들이 훼방을 놓았다.

"아이고, 여지껏 차 타고 오느라 온몸이 빼근한데 뭘 또 타노?"

"그래, 그냥 걷자."

"그래도 더운데 우예 한 시간씩 걸어가노? 타고 가자."

최강동안 아줌마가 말했다. 젊은 취향이라 역시 나랑 통한다.

"누구는 타고 누구는 걸으면 시간이 안 맞아가 안 된다. 걷자는 사람이 더 많으니까 여서는 걷고 말은 나중에 타자."

듣보작가 아줌마가 정리를 했다. 작가라면서 저렇게 낭만이 없으니 베스트셀러 책을 쓰기는 틀렸다.

막상 초원 위를 걷기 시작하자 덥기만 한 건 아니었다. 몽골 사람들이 파는 그림이나 돌, 동물 뼈 같은 기념품 구경도 재미있었고 여기저기 출몰하는 사막 쥐도 신기했다. 도랑물을 보고는 모두 달려들어 손을 씻었다. 미적지근한 생수만 마시다가 찬물에 손을 담그자 더위가 한결 가셨다.

계곡 가까이 갈수록 점점 시원해졌다. 가파르고 거친 돌산 사이로 들어서자 에어컨 켠 방에 들어간 것처럼 서늘했다. 엄마 말을 듣지 않고 셔츠를 차 안에 두고 온 게 후회될 정도였다. 얼음이 있다던 바타르 말은 진짜였다. 계곡 기슭에 큰 얼음덩어리들이 보였고 그 얼음이 녹아 개울을 이루고 있었다.

주변에 거친 돌들이 쌓여 있는 개울을 건널 때 바타르가 한 사람씩 손을 잡아 주었다. 아줌마들은 괜히 더 미끄러운 척하는 것 같았다. 가슴이 뛰기 시작했다. 나는 바타르의 손을 잡고 개울을 건너는 내 모습을 수십 가지 버전으로 상상했다. 축축해진 손바닥을 옷자락에 문지르는 사이 내 차례가 됐다.

나는 내숭이 아니라 손을 내미는 게 진짜 쑥스러웠다. 바타르 역시 아줌마들 손은 나뭇가지인 양 스스럼없이 잡더니 내게는 쭈뼛거렸다. 우리의 손이 서로의 마음인 양 수줍게 다가가는 순간, 엄마가 갑자기 “빨리 안 건너오고 뭐 해?” 하면서 내 손을 덥석 잡더니 확 잡아당겼다. 수십 가지 버전에는 결코 없었던, 고꾸라질 뻔한 추한 모습으로 개울을 건넌 나는 엄마를 물속에 밀어 넣고 싶은 걸 간신히 참았다.

7

숙소에 다다른 시간은 저녁 7시쯤이었는데 아직 훤했다. 열 채쯤 되는 게르로 이루어진 우리 숙소 울타리는 마른 나뭇가지를 촘촘히 세워 놓은 게 다였다. 게르 외엔 지평선밖에 보이지 않는 너른 땅에 돌로 선을 만들어 주차장 표시를 해 놓은 것도 우스웠다. 일정표에 현지인 게르 방문이 있기에 잠깐 체험해 본 뒤 잠은 현대식 건물에서 자는 건 줄 알았는데 게르가 호텔이었던 거다.

수세식 화장실과 샤워장이 따로 있는 우리 게르는 고급 호텔이라고 했다. 정말 호텔 앞처럼 게르 울타리 입구에 여러 나라 국기가 걸린 게양대가 세워져 있었다. 국기는 여러 개였지만 손님은 우리뿐이었다. 그 사실에 환호성을 지르는 아줌마들을 보자 앞으로 전세 낸 것처럼 소란을 떨 풍경이 떠올랐다. 자기네들끼리 노느라 바빠 바타르를 덜 신경 쓰면 좋으련만.

빨간색 바탕에 화려한 금박 무늬가 들어간 롱 드레스를 입고 특이하게 생긴 모자를 쓴 여자 직원 두 명이 우리를 맞이했다. 몽골 전통 의상이라고 바타르가 말해 주었다. 몸매가 드러나는 옷을 입은 여자들은 마치 모델 같았다. 한 직원이 주전자로 따른 술을 우리에게 건넸다. 말젖을 발효해서 만든 아이락이라는 술을 대접하는 게 몽골식 손님맞이라고 했다. 듣보작가 아줌마가 받아 한 모금 마시곤 "니들도 맛볼래?"하며 아줌마들에게 물었다.

몇몇 아줌마는 냄새만으로도 포기하고 실적미달 아줌마가 용기를 내 한 모금 마셨다. 그러곤 곧 술을 땅바닥에 뱉더니 구역질까지 해 댔다. 아줌마들은 실적미달 아줌마가 마치 게임에 져서 벌칙이라도 받는 것처럼 재미있어했다. 나는 남의 나라 문화에 무례한 아줌마들이 창피했다. 다행히 바타르와 전통 옷 입은 직원들은 그 일엔 신경 안 쓴 채 웃으며 무슨 말인가 나누고 있었다. 바타르는 월요 아저씨를 비롯해 자기네 나라 사람들과 말할 때 훨씬 편안하고 밝아 보였다. 하긴, 우리를 대할 땐 아줌마들 등쌀에 얼마나 피곤할까.

우리를 맞이했던 사람들 중 한 여자 직원이 화장실과 샤워장, 식당, 기념품 가게 겸 사무실을 알려 주었다. 그러고는 전기가 하루 두 시간밖에 들어오지 않는다며 게르당 손전등을 하나씩 나눠 주었다. 화장실과 샤워장을 빼고는 식당과

사무실도 게르였다. 나는 바타르와 그 여자 직원이 웃으며 이야기하는 게 신경 쓰였다. 고비 사막 가이드가 두 번째라니 서로 아는 사이일 수도 있다. 우리가 배정받은 게르로 나누어 들어갈 때 바타르는 그 직원과 함께 사무실로 갔다. 곧 식당에서 볼 텐데도 바타르의 뒷모습에 다시는 못 만날 것처럼 안타까웠다.

게르는 4인용이어서 두 채면 됐지만 여유 있게 지내려고 세 채를 빌렸다고 했다. 덕분에 나는 엄마와 단둘이 쓸 수 있었다. 엄마한테 말할 때 다른 사람 신경 쓰지 않아도 돼서 좋았다.

원통 모양 게르 안은 밖에서 보는 것보다 넓었다. 그런데 중앙에 있는 난로를 사이에 두고 양쪽으로 두 개씩 놓인 나무 침대 네 개, 화장대 비슷한 탁자 하나가 다였다. 고급 호텔이라고 하더니 호텔 창고만도 못한 것 같았다.

"단출하니 좋다! 우리 나란히 자자. 이쪽 쓸까?"

엄마가 행복에 겨운 표정으로 오른쪽에 놓인 침대를 가리켰다. 그 모습에 심통이 일면서 그동안 참았던 불만이 솟구쳤다. 나는 엄마에게 화를 내는 대신 왼쪽 침대로 가서 가방을 던지듯이 놓았다. 옷을 벗어 팽개치고 땀 찬 운동화도 벗어 던졌다. 가운데 있는 난로가 엄마와 나 사이에 그어진 경계선 같았다.

"왜 그래? 뭐 땜에 그러는데?"

엄마가 영문을 모르겠다는 얼굴로 물었다. 나는 그 이유를 말할 수 없었다. 바타르를 좋아하는 것부터 밝혀야 하기 때문이다. 그 사실을 알면 엄마는 여행 내내 우리를 감시할 게 분명하다. 바타르에 대한 호감을 거둬들이고 사사건건 트집을 잡을지 모른다. 바타르가 그런 꼴을 당하게 할 수는 없다.

"이게 뭐야? 하루 종일 고물차만 타고 돌아다니고. 엄마는 이런 데가 좋아? 날 왜 데려왔어?"

할 말이 그것밖에 없었다. 엄마는 그럴 줄 알았다는 표정으로 빙긋 웃기까지 했다.

"그럼 좋지. 밥걱정도 안 하고 집안일도 안 해도 되는데. 그것만 해도 천국 같다. 아, 거치적거리는 혹을 달고 와서 연옥쯤 되겠다."

오빠와 연락이 안 된다고 안달복달하다 통화하고 나서는 눈물까지 지었던 엄마가 얌전히 있었던 나한테는 혹이라고 한다. 안 오겠다는 걸 기껏 끌고 와서 혹이라고 하는 데에는 딱 한 가지 이유밖에 없다. 엄마도 다른 아줌마들처럼 마음껏 바타르랑 놀고 싶은데 내 눈치가 보이는 거다. 가이드가 바타르 같은 사람인 줄 미리 알았으면 엄마는 절대로 나를 데려오지 않았을 거다.

"그리고 너, 뒤에 처지지 좀 마. 단체 생활에서 그게 얼마나 민폐인 줄 알아? 너 땜에 신경 쓰여 죽겠어."

엄마가 머리를 다시 빗으며 내게 말했다. 어이가 없었다. 누가 더 피해를 줬는지 조목조목 따져 보고 싶었다.

엄마는 땀이 났다면서 원피스로 갈아입은 뒤 립스틱을 다시 발랐다. 집에서 입는 펑퍼짐한 실내복이지만 민소매에 꽃무늬가 화려했다. 어떠냐고 물은 엄마는 "팔뚝 살 출렁거려."라는 내 말에 카디건을 걸쳤다.

저녁을 먹으러 게르를 나가자 다른 아줌마들도 하나둘씩 나왔다. 바타르는 보이지 않았다. 숙소가 어딘지 궁금했다. 아줌마들은 한눈에도 은근히 신경 쓴 차림이었다. 사막에 오면서 레이스, 망사, 반짝이가 섞인 옷을 준비해 왔다는 게 놀라웠다. 나는 라운드 티와 청바지가 다인데. 가이드가 바타르라는 걸 엄마와 나만 빼고 다 알고 있었던 건 아닌가, 하는 의구심이 들 정도였다.

"민박 게르는 화장실하고 샤워장이 시원찮아가 더 비싼 여기로 잡았다. 어떻노?"

듣보작가 아줌마가 물었다. 생각보다 좋다, 잘했다, 이제 잠자리 불편하면 힘들다, 다인이는 엄마 따라와서 호강하네, 그캐도 니들끼리 다닐 때는 불편한 데서도 자 보고 거친 것도 먹고 해야 하는 기다, 고생해야 큰다 아이가. 아줌마들이 가만히 있는 나를 끌어들였다.

아줌마들은 내 존재를 까맣게 잊고 있다가 어느 순간 문득 떠올리는 것 같았다. 그러면 자신들이 어른이라는 사실도 함께 깨닫고는 체통을 되찾겠다는 듯이 갑자기 근엄해졌다. 만난 지 24시간도 지나지 않아 유치한 모습을 바닥까지 다 들켰다는 걸 모르는 모양이다.

아무튼 숙소를 별 다섯 개짜리 게르로 잡은 건 천 번 만 번 잘한 일이다. 고생해야 큰다느니, 아프니까 청춘이라느니, 하는 말 같은 거 나는 믿지 않는다. 아이들이 편한 꼴은 죽어도 못 보는 어른들이 지어낸 말일 뿐이다. 설령 그 말이 맞는다 쳐도 나는 편하고 즐거운 걸 선택할 거다. 그 대신 성장은 아픈 사랑으로, 고난이 함께하는 사랑으로 할 거다.

"다인아, 사방이 지평선인 곳은 처음 보지? 처음 왔을 때는 막막할 정도로 기분이 이상했는데 두고두고 이 초원이 제일 생각나더라. 너도 나중에 그럴 거야. 여기서 공부나 성적 같은 거 다 잊고 쉬다 가라."

듣보작가 아줌마가 말했다. 진심으로 그렇게 생각하는 걸까. 아니면 작가라면 그 정도 말은 해 줘야 한다고 생각해서 하는 말일까. 진심이라면 고3이라는 아줌마 딸이 너무 부럽다. 나는 어른 대면용 미소를 지으며 고개를 끄덕였다.

"내도 유럽보다 여가 더 좋다. 유럽 갔을 때는 하나라도 더 볼 욕심으로 발바닥이 부르트게 돌아다녔는데 암것도 없는 데로 오니까 오히려 마음에 여유가 생긴다 아이가."

카이스트 아줌마가 먼 곳을 바라보며 말했다. 유럽보다 여기가 더 좋다니. 공부 잘해서 한 등수만 떨어져도 집안 분위기를 초상집으로 만드는 오빠보다, 어차피 성적이 안 좋아서 이러나 저러나 표나지 않는 내 처지가 더 좋은 것 같은 기분, 그런 건가? 그때까지 듣고만 있던 엄마가 말했다.

"내는 저 초원 위를 말 타고 달릴 거 생각만 해도 막 가슴이 뛴다."

우리 성적과 아빠가 벌어 오는 돈에만 관심 있는 줄 알았던 엄마가 말 탈 생각에 가슴이 뛰는 사람이었다니, 뜻밖이었다. 그런데 두 손을 가슴에 모으고 말한 건 좀, 아니, 많이 민망했다.

저녁 메뉴는 몽골 음식이었다. 식당 안에 양고기가 든 수프와 잘못 지은 것처럼 푸실푸실한 밥이 차려져 있었다. 엄마는 기왕에 왔으니 몽골 음식에 도전을 해 보겠다고 했지만 나는 냄새부터 비위 상해 시도도 할 수 없었다.

바타르와 한 식탁에 앉아 정겹게 식사하는 장면을 상상했건만 나는 나처럼 음식 냄새조차 맡기 힘들어하는 최강동안 아줌마, 바람맞은 아줌마와 함께 다른 상에서 장조림, 무말랭이장아찌랑 김, 볶은고추장과 함께 즉석 밥을 먹었다. 엄마와 다른 아줌마들은 바타르와 한 상에서 하하호호 웃으며 저녁 식사를 즐기고 있었다. 아직은 견딜 만하다는 표정이지만 바타르는 곧 아줌마들의 관심과 집착이 지겨워질 거다. 내가 진짜 경계해야 할 인물은 아줌마들이 아니라 지금도 서빙을 핑계로 바타르에게 눈웃음을 치고 있는 여자 직원이다.

8

남자 직원이 실파처럼 생긴 풀과 작은 돌들이 있는 땅바닥에 커다란 카펫을 깔아 주었다. 별을 보기 위한 자리였다.

"지난번 왔을 때는 달이 밝아 별을 제대로 못 봤다. 지금은 그믐 때라 별이 잘 보일 기다."

듣보작가 아줌마 말에 다른 아줌마들은 큰 행운이라며 좋아했다. 엄마도 마찬가지였다. 나는 엄마가 이렇게 작은 일에 감탄하고 고마워하는 사람인 줄 처음 알았다. 엄마는 내가 수학 경시대회에서 딱 한 번 백 점 맞았을 때도, 우리 반 아이들 중 누가 또 백 점을 맞았는지 모른다는 이유로 화를 냈던 사람이다. 아무튼 엄마 딸로 산 지 14년이나 됐는데 여행 와서야 처음 알게 되는 면이 있다는 게 놀라웠다. 엄마도 내게 그런 게 있을까?

카이스트 아줌마가 챙겨 온 모기향을 카펫 주위에 피웠다. 달란자가드에서 사 온 맥주와 함께 아줌마들이 각자 한국에서 가져온 마른 오징어채나 김, 아몬드 같은 안주들이 펼쳐졌다. 내가 고른 스낵과 파인애플 맛 환타도 있었다. 나는 엄마에게 슬쩍 "나도 맥주 마시면 안 돼?" 하고 물어보았으나 엄마는 말 같지도 않다는 듯 대꾸조차 하지 않았다.

"바타르가 안 보이네."

"쉬는갑다."

"피곤하겠지."

"한창 땐데 피곤은 무슨? 바타르, 이리 나온나."

"바타르, 같이 별 보자!"

솔직히 나는 벌써부터 바타르가 안 보이는 것에 신경 쓰고 있었다. 혹시 아까 그 여자 직원과 따로 만나고 있는 건 아닐까, 조바심이 나던 차에 바타르를 불러내 주자 그 순간만큼은 아줌마들이 좋았다.

바타르가 어디서 나타날까 두리번거리고 있는데 갑자기 등 뒤에서 누가 내 양쪽 어깨를 탁 잡았다. 나는 너무 놀라 "꺅!" 하고 비명을 질렀다. 아줌마들 웃음소리에 돌아보니 바타르였다. 바타르의 웃는 얼굴이 코앞에 있었다. 산뜻한 비누 냄새가 풍겨 왔다. 어둠 속에서 바타르의 얼굴만 환히 빛나는 것 같았다. 놀란 마음이 진정될 새도 없이 더 뛰기 시작했다. 온몸이 북이 된 듯 쿵쿵 울렸다. 나는 그 느낌을 감당할 수 없어 얼굴을 무릎에 묻었다. 하늘의 별이 몽땅 들어앉은 듯 가슴속이 반짝거리기 시작했다.

"어, 많이 놀랐어요? 미안해요."

바타르 목소리가 귓전에서 들려왔다.

"얼라한테 장난치지 말고 이리 와 앉그라."

한 아줌마의 말에 바타르가 내 등을 살짝 토닥인 다음 일어섰다. 아줌마들이 앞다퉈 바타르에게 자리를 만들어 주었다. '얼라'라는 말이 살짝 거슬렸지만 상관없었다. 바타르가 내게 관심을 보였다. 아줌마들은 '장난'이라고 치부했지만 관심이 없으면 그런 장난도 치지 않는다. 나는 술을 마시는 아줌마들과 바타르 곁에서 혼자만 달콤한 탄산음료를 마시고 있어도 행복했다.

"다인아, 아줌마들만 이래 맥주 마시니까네 미안하네. 열일곱 살만 됐어도 마셔 보라 카겠는데 열다섯 살은 너무 어리다. 환타 더 주까?"

자기네끼리 웃고 떠들다 잠시 조용해졌을 때 바람맞은 아줌마가 내게 말했다. 어두워서 다행이었다. 베어 문 사과에서 반쪽만 남은 벌레를 본 것 같은 내 표정을 들키고 싶지 않았다.

"됐어요."

목소리가 저절로 퉁명스러워졌다. 이제 더는 모르는 척할 수 없었다. 바타르와 나 사이를 가로막는 최대의 장애물은 게르의 직원도, 아줌마들이나 엄마, 국경도 아닌 내 나이였다. 스물세 살 먹은 바타르 눈에 나는 막냇동생 또래밖에 되지 않는 것이다. 아까 바타르가 내게 했던 행동은 우리 오빠가 지나가는 내 다리를 걸어 넘어뜨리거나, 무서운 영화 볼 때 놀라게 하는 것 같은 장난이었다. 아무 의미가 없는 행동이라는 말이다. 오늘 새벽, 호텔에서의 커피에 이어 내가 어린애라고 강조하는 것 같은 환타를 들이켰다. 가슴속에 가득 들어찼던 별들이 빛을 잃고 한낱 양철 쪼가리가 돼 철그렁거렸다.

'바타르랑 같은 또래라면 얼마나 좋을까.'

그러면 아줌마들에게 '얼라' 소리를 들어도 이렇게 굴욕적인 느낌은 들지 않을 거다. 빈 맥주 캔이 늘어날수록 아줌마들의 목소리와 동작과 웃음소리가 커졌고, 내 슬픔과 안타까움은 깊어 갔다.

얼마 뒤 최강동안 아줌마가 고개 아프다며 카펫에 누워 별을 보자고 했다. 바타르가 원래 별을 볼 때는 그렇게 하는 거라면서 아줌마들 사이에 드러누웠다. 스스럼없는 행동을 보자 문득 바타르에게는 아줌마들이나 나나 그저 안전하게 가이드해야 하는 고객에 불과할지도 모른다는 생각이 들었다. 그동안 숱하게 했던 생각들 중 가장 슬펐다. 그런데도 무슨 미련이 남았는지 게르로 돌아가지 못하고 엄마 곁에 누웠다. 맨 가장자리였다.

“이러고 누우니까네 어릴 때 생각난다. 그쟈?”

“멍석 위에 누워서 별 보다 할매 옛날얘기 듣다 말다 잠들었는데…….”

아줌마들이 갑자기 환호성을 질렀다. 꼬리를 그으며 떨어진 별똥별 때문이었다. 그사이 별이 더 많아졌다. 이렇게 많은 별을 실제로 보는 건 처음이었다. 예쁘기는 했지만 아줌마들과 같은 감동이나 흥분은 느껴지지 않았다.

나는 별빛보다는 환한 전등 빛 아래서 팬픽을 쓰거나 SNS를 하거나 동영상을 보는 게 더 재미있었다. 솔직히 비행기까지 타고 와서, 엄마가 평소 자주 하는 말대로 돈이 나오는 것도 아닌 별이나 보고 있는 게 정말 이해되지 않았다. 그렇게 별이 좋으면 천문대에 갈 것이지.

그 뒤에도 아줌마들은 별똥별이 떨어질 때마다 호들갑을 떨었다. 그리고 신도라도 된 듯 별에 관련된 시를 외고, 노래를 부르고, 책의 구절들을 읊으며 별을 찬양했다. 그 모습은 어딘지 좋아하는 아이돌 가수를 대할 때의 우리와 비슷했다. 가슴에 별 대신 양철 쪼가리가 가득한 나는, 내게 그런 시간들이 있었는지조차 아득하게 여겨졌다. 어제 이맘때쯤 나는 한국과 몽골 사이 어디쯤의 하늘을 날고 있었다. 그때부터 겨우 하루가 지났을 뿐이라는 게 이상했다.

"바타르는 아는 얘기 없나? 어디 한번 해 봐라."

이야깃거리가 떨어졌는지 아줌마들이 바타르에게 말했다. 바타르가 어렸을 때 자기 할머니한테 들은 거라면서 이야기를 시작했다.

"하늘 저 위에 고비보다 더 넓은 땅 있어요. 그곳에 양 치는 거인 사는데 밤마다, 밤마다 불 피워요. 불똥이 튀어서 거인 옷에 구멍이 아주 많이 났는데 그 구멍으로 불 보여요. 그게 저 별들이에요."

바타르의 목소리가 아득하게 느껴졌다. 끝없이 펼쳐진 저 검푸른 하늘이 거인의 옷자락이라니…….

셋째 날, 거인의 땅

1

누군가 내 머리를 쓰다듬었다. 가만가만 어루만지는 손길이 달콤했다. 이번에도 꿈일 거라고 생각했다. 바타르와 이렇게 친해졌을 리는 없잖아. 꿈이라도 좋았다. 그런데 훅 끼쳐 오는 술 냄새가 너무 현실적이었다.

내 곁에 와 있는 사람은 엄마였다. 이제야 술판이 끝났나 보다. 엄마라는 걸 알고 나자 아줌마들이 계속 떠들고, 웃고, 소리 지르고, 노래 부르는 통에 자다 깨다 하며 잠을 설친 게 생각났고 짜증이 확 밀려왔다.

어젯밤, 바타르가 먼저 들어가겠다며 일어섰다. 그래, 피곤할 텐데 얼른 가서 쉬어라. 좋은 꿈 꾸고. 낼 보자. 아줌마들은 자기들이 그때까지 붙잡고 있었던 건 생각하지도 않고 입을 모아 바타르의 편안한 잠자리를 기원했다. 바타르는 밤 인사를 남기고 자리를 떴다. 날 아프게 하던 존재가 사라졌는데 기쁘거나 시원하기는커녕 견딜 수 없을 만큼 허전해졌다. 이런 마음이 들키지 않을 만큼 시간이 지났을 때 엄마에게 들어가자고 했지만 엄마는 꿈쩍도 하지 않았다.

"너, 그동안 저런 밤하늘 본 적 있어? 일생에 한 번밖에 없는 기회니까 잘 봐 둬."

춥고 졸리다고 하니 먼저 가서 자라는 대꾸만 돌아왔다. 그렇게 내팽개치고 놀 땐 언제고 이제 와서. 나는 엄마의 손을 잠결인 양하며 쳐 냈다. 소리가 나서 실눈을 뜨고 보니 엄마는 옆 침대 위에 잔뜩 늘어놓은 내 물건들을 주섬주섬 바닥에 내려놓고 그 자리에 누웠다. 빈 침대 두고 왜 저래. 내 머릿결을 어루만지는 사람이 잠깐이나마 바타르라고 착각했던 게 쪽팔렸다.

바타르 생각을 하자 가슴 가득했던 양철 쪼가리들이 부딪히며 낸 생채기가 쓰려 왔다. 나는 이제 바타르에 대한 마음을 접기로 했다. 바타르는 며칠 뒤면 다시는 보지 못할 가이드일 뿐이다. 앞으론 친해지려고, 잘 보이려고 노력하지 않고 오로지 가이드로만 대할 거다. 없을 때 생각하는 일도 그만할 거다.

엄마는 이제야 잠자리에 들었는데 밖이 훤해지고 있었다. 사막에서는 해도 일찍 뜬다더니 벌써 동이 트는 모양이었다. 나는 금방 한 결심을 잊고 혹시 지난밤 나보다 일찍 잔 바타르가 해를 보러 나오지 않을까, 하는 기대로 마음이 들떴다. 나도 모르게 벌떡 일어나려는 몸을 간신히 침대에 붙잡아 두었다. 만난 지 얼마나 됐다고 바타르를 생각하는 게 습관이 됐다. 습관이란 단어가 떠오르자 지노 오빠의 노래가 마음속에서 맴돌았다.

눈앞에 있어도 가까이할 수 없는 바타르보다 멀리서 빛나는 지노 오빠를 좋아하는 게 차라리 더 나았다.

나는 침대에서 일어났다. 일출 장면을 찍고 싶은 것뿐이야. 바타르가 있건 없건 관심 없어. 나는 대강 한 것처럼 보이지만 정성 들여 똥머리를 만들고, 또 아무렇게나 걸친 것처럼 바지 갈아입을 때 필요할지 몰라 챙겨 온 치마를 입고, 맨 얼굴인 것처럼 틴트를 살짝 바른 뒤 자일리톨 껌 하나를 입에 넣었다.

'꾸안꾸' 모습으로 휴대폰을 챙겨 들고 게르 문을 열었다.

푸르스름하고 서늘한 새벽 기운이 훅 밀려들었다. 나는 그 기운 속으로 몸을 내놓았다. 숨을 한번 들이쉬자 맑고 신선한 공기가 온몸에 스며드는 것 같았다. 옆 게르의 아줌마들도 모두 잠이 들었는지 조용했다.

붉은빛으로 가득한 지평선은 우리 게르 앞에서도 보였지만 나는 주위를 돌아다녔다. 해 뜨기를 기다리는 거지 바타르를 찾아다니는 게 아니야, 라고 스스로에게 말하면서. 식당도, 기념품 가게가 있는 게르도 모두 닫혀 있었다. 직원들도 아직 일어나지 않은 듯 기척이 없었다. 깨어 있는 사람은 나 혼자뿐이었다.

기대하지 않았으니 실망할 것도 없다. 나는 나무 울타리 밖으로 나가 지평선을 바라보았다. 그동안 제대로 된 일출은 남이 찍어 놓은 사진으로밖에 보지 못했다. 나는 처음으로 일출 광경을 지켜보았다. 주홍빛 구슬처럼 동그랗고 말간 해가 솟아올랐다. 땅과 하늘을 가득 물들인 붉은 기운 속에서 태어난 것 같았다. 장엄하기까지 한 그 광경은 내일 봐도 모레 봐도 처음처럼 가슴이 벅찰 것 같았다.

멍하니 보고 있던 나는 화들짝 놀라 사진을 찍기 시작했다. 엄마 말대로 언제 또 지평선에서 떠오르는 해를 볼 수 있을지 모를 일이니 인증 샷을 남겨야 한다. 와이파이 되는 울란바토르에 가면 프사로 올려야지. 하늘을 찍고 있으려니 어젯밤 바타르한테 들었던 별 이야기가 떠올랐다. 바타르가 말해 줬던 별이 거인의 옷자락 구멍 사이로 보이는 불빛이라면 지금 솟아오르는 해는 무엇일까? 그 질문에 어떤 광경 하나가 하늘에 펼쳐졌다.

밤새 들판에 모닥불을 피운 거인은 새벽이 되자 고독에 지친 표정으로 일어선다. 타고 있는 장작불 하나를 집어 든 그는 검은 옷자락을 끌며 천천히 걸어간다. 또다시 모닥불을 피워야 하는 밤을 향해. 거인이 들고 있는 장작불이 저 해인 것이다.

내 그림자가 대지 위에 길게 드리워졌다. 멀리멀리 뻗어 지평선에 닿을 듯한 그림자를 보자 나도 거인족이 된 것 같았다. 나는 발은 땅을 디디고 머리는 하늘에 닿은 거인이 돼 엄마와 아줌마들과 바타르가 잠들어 있는 게르를, 끝없이 펼쳐진 초원을 굽어보았다. 몸만 늘어난 게 아니라 왠지 마음도 함께 커진 것 같았다.

2

"엄마, 배고파. 아침 안 먹어?"

내 말에도 엄마는 일어나지 않았다. 아줌마들 목소리도 들려오지 않았다. 오후에 말 타러 갈 때까지 아무것도 안 한다더니 아침도 안 먹을 줄 몰랐다.

새벽에 깨워 놓고는 딸이 배고프다는데 신경도 쓰지 않는 엄마가 못마땅했다. 일출을 보며 커졌던 마음은 엄마 옆으로 가자 원래대로 돌아갔다.

"식당 가서 뜨거운 물 얻어다 컵라면 먹어."

내가 계속 투덜거리자 엄마는 눈도 뜨지 않고 말했다. 여행 와서 빵 아니면 컵라면, 즉석 밥 말고 먹은 게 없다. 한국에서는 몸에 안 좋다고 라면을 못 먹게 하더니 여기선 최소한의 엄마 노릇도 안 하려는 모양이다. 아니면 라면을 안 먹이고 싶은 사람은 오빠뿐이었는지도 모르겠다. 새벽에 내 머리를 쓰다듬었던 것도 엄마 침대 찾느라 더듬거린 걸 거다.

이게 뭐야! 무슨 여행이 이래? 나는 빈 침대 위에 놓여 있는 컵라면 하나를 집어 들고 쿵쾅거리며 게르를 나가다가 머리를 부딪쳤다. 문이 작아 고개를 숙여야 한다는 걸 깜빡 잊은 것이다.

인간은 밥만 먹고 살 수 없는 존재가 분명하다. 배를 채우고 나니 심심해졌다. 바타르 생각은 이제 하지 않을 거고, 와이파이가 안 되니 할 게 없었다. 휴대폰에 다운받아 놓은 음악이라도 듣고 싶은데 배터리가 없다. 충전은 밤에 전기가 들어올 때나 가능했다. 사막이라고 해도 이렇게 아무것도 없고, 쉬러 간다고 했지만 정말 아무것도 안 할 줄은 몰랐기 때문에 책 한 권 챙겨 오지 않았다.

게르 안이 점점 더워진다 싶었는데 직원들이 돌아다니며 창문 열듯이 게르 아랫부분의 천을 걷어 올려 주었다. 사방으로 바람이 들어오자 시원해진 실내와 달리 밖은 햇살이 너무 강해 나가 볼 엄두조차 나지 않았다.

할 일이 그것밖에 없어 침대에 누웠다. 게르 천장에 뚫린 둥근 구멍으로 구름이 흘러가는 하늘이 보였다. 문득 거인인 내가 하늘 위에서 구멍으로 세상을 내려다보는 것 같은 느낌이 들었다. 구름 아래로 인간들의 삶이 펼쳐지고 있겠지. 그곳엔 기억이 시작되는 순간부터 늘 무언가를 해야만 했던 열다섯 살 정다인도 있었다.

유치원, 초등학교, 중학교, 학원, 시험, 학습지, 숙제……. 초등학생 때였나, 폐렴으로 입원했을 때조차 엄마가 같은 반 아이한테 알아 온 숙제를 했다. 좋아서 하는 덕질이나 팬픽 쓰기도 마냥 재미있고 자유롭기만 한 건 아니었다. 팬덤도 작은 사회여서 복잡하고 마음 다칠 일들이 많았다. 팬픽 쓰는 일 역시 이런저런 강박에 시달리고, 댓글들에 감정을 소모하게 된다.

구름이 사라지고 푸른 하늘만 보이자 나는 거인족에서 정다인으로 돌아왔다. 그런데 음소거를 한 듯 적막에 잠겨 있는 세상이 더 비현실적이었다. 할 일 없이 누워 있는 것도 익숙하지 않았다. 엄마를 보니 숨 쉬는 소리조차 들리지 않았다. 덜컥 겁이 났다. 혹시 우리가 여기 오던 길에 사고 나서 다 죽은 건 아닐까. 지금 지상과 천상의 중간계에서 신의 처분을 기다리는 걸지도 몰라. 그때 엄마가 푸, 하고 숨을 내쉬며 돌아누웠다.

잠깐 했던 생각의 후유증으로 가슴이 두근거렸다. 나는 마음을 가라앉히기 위해 게르 내부를 찬찬히 살펴보기 시작했다. 설명해 주던 바타르 목소리가 저절로 음성이 지원됐다. 가이드로 생각하는 것뿐이야.

게르의 원리는 텐트와 비슷하다. 펼친 우산처럼 둥근 천장과 원통형 벽으로 만들어진 나무틀 위에 짐승 털로 만든 천이 덮여 있다. 원통형 벽은 마름모꼴 격자 틀로 돼 있어 줄였다 늘였다 할 수 있고 천장에는 특대형 사이즈 피자만 한 둥근 구멍이 뚫려 있다. 문과 침대, 천장을 받치고 있는 나무틀엔 우리나라 절에 있는 단청처럼 화려한 문양이 그려져 있다. 추우면 가운데 있는 난로에 불을 피우고 더우면 지금처럼 천장과 아랫부분의 천을 걷는다고 했다.

목초지를 찾아 떠돌며 언제든지 펼쳤다 거뒀다 할 수 있게 만들어진 게르는 결코 안정된 집처럼 느껴지지 않았다. 튼튼한 시멘트 건물, 차단된 벽과 잠긴 문, 그 안을 가득 채운 물건들 속에서 살고 있는 나로서는 이렇게 불편한 시설이 어떻게 일상적인 공간이 될 수 있는지 이해되지 않았다.

3

바타르에 대한 관심을 접기로 한 순간부터 시간은 느린 화면처럼 더디게 흘렀다. 그래도 어느덧 점심시간이 됐다. 실컷 자고 일어난 아줌마들은 파티에라도 초대받은 모양새로 나타났다. 엄마 역시 어제보다 더 화사하게 화장을 했다. 설마설마했는데 계속 멋 부리는 걸 보면 아무래도 바타르한테 잘 보이려고 그러는 것 같다.

아줌마들이 가이드한테 잘 보이려고 덕지덕지 화장하고 스카프로 목주름을 가릴 때 나는 오전처럼 명상과 자아 성찰을 하며 사막에서의 남은 시간을 보낼 것이다. 식당에서도 바타르를 훔쳐보거나 관심 끌려고 애쓰는 대신 조용히 기품 있게 밥만 먹고 나와야지. 내가 뿜어내는 우아한 아우라에 바타르가 혹해도 내 책임은 아니다. 만일 그가 내게 관심을 보이면 열다섯 살에게 스물세 살은 너무 늙은 나이란 걸 똑똑히 알려 주고 돌아설 테다.

마음을 다지고 다졌는데도 식당에서 바타르가 싱그럽게 웃으며 잘 잤냐, 잘 때 춥지 않았냐고 물어 오자 지금까지 했던 결심이 와르르 무너졌다. 그리고 바타르를 향한 갈망이 아프게 피어올랐다. 그를 이대로 포기하고 싶지 않았다. 사실 바타르가 나를 어떻게 생각하는지 확실하게 아는 건 하나도 없었다. 아무것도 못 해 보고 지레 포기하는 대신 처음처럼 희망을 갖기로 했다. 그 생각만으로도 기운이 났다. 바타르를 포기했던 짧은 시간 동안 나는 그를 좋아하고 관심받기 위해 노력하는 것 자체가 기쁨이고 힘이란 사실을 깨달았다.

그동안 너무 성급했다. 라면을 먹으려면 물부터 끓여야 한다. 그런데 난 물도 끓이지, 아니, 라면 봉지도 뜯지 않은 채 먹으려고 했던 거다. 먼저 자연스럽게 친해진 다음 헤어질 때쯤 바타르에게 고백해야지. 좋아한다고. 오빠 동생으로 지내며 내가 스무 살이 될 때까지 기다려 달라고. 열 살이었을 때가 엊그제 같으니 스무 살은 더 빨리 오겠지. 요즘처럼 글로벌한 세상에선 장거리 연애도 어렵지 않다. 메신저나 보이스톡으로 날마다 만날 수 있다. 대학생이 되면 열심히 알바해서 비행깃값을 벌어 방학 때 내가 몽골로 오면 된다. 바타르가 휴가 때나 아예 한국에 취직해서 온다면 더 바랄 게 없지만.

상상에 빠져 아줌마들이 떠드는 소리도 들리지 않았고 바타르를 살필 생각도 나지 않았다. 나는 바타르를 포기했을 때 그러기로 한 대로 조용히 밥만 먹었다.

4

점심을 먹고 게르로 돌아오자 다시 심심해졌다. 아줌마들은 말 타러 가기로 한 5시까지 또 쉰다고 했다. 바타르도 낮

잠을 자겠다며 식당에서 곧바로 숙소로 갔다. 자연스럽게 친해지려고 해도 벌판에 달랑 게르뿐인 고비에서는 해 볼 게 없다. 바타르를 만나려면 숙소로 찾아가거나 엄마나 아줌마들 다 알게 해야 하는데 둘 다 할 수 없는 일이다.

그건 그렇고 오전 내내 잔 아줌마들이 또 쉬겠다는 걸 보면 오늘 밤 캠프파이어 때 아주 작정하고 놀려는 거다. 아무리 그래도 올빼미족인 나를 따라올 수는 없다. 아줌마들을 떼어 내고 바타르와 단둘이 이야기할 기회는 오늘뿐이다. 기회란 잡으라고 있는 거다. 그때 쑥스럽지 않으려면 말 타러 가서 자연스러운 사이로 만들어야 한다. 너무 준비하고 기대하면 오히려 잘 안 풀리니 편하게 있다가 분위기 흘러가는 대로 해야겠다.

이를 닦은 엄마는 아줌마들 게르로 놀러 간다고 했다. 엄마만 보면 이상하게 바타르 생각으로 슬프거나 아프거나 기쁘거나 설레는 나는 어딘가로 가고, 엄마 때문에 짜증 나는 나만 남았다. 엄마가 내 옆에 있는 것도, 없는 것도 다 마음에 들지 않았다.

"그럼 나는 뭐 하라고!"

나는 소리를 꽥 질렀다.

"그럼 따라가든지."

엄마가 분첩으로 얼굴을 두드리며 말했다. 분을 덧바르니 얼굴만 하얀 것 같다며 입술도 다시 칠했다. 이제는 아줌마들끼리 모일 때도 꽃단장을 하기로 했나 보다. 엄마를 따라가 봤자 한옆에 찌그러져 썰렁하고 유치한 농담에도 억지로 웃는 것밖에 할 게 없다.

"따라가서 뭐 하라고!"

"그러게 책 좀 챙겨 오라고 했잖아. 뒹굴뒹굴 쉬면서 모처럼 책도 읽고 하면 좀 좋아."

엄마가 콤팩트 뚜껑을 닫으며 나무라듯 말했다. 어이가 없다. 엄마는 내가 여기 와서도 영어 단어장이나 수학 문제집을 들여다보고 있으면 좋다고 할 거다. 아무것도 안 하면 불안한 게 다 내가 잠시도 노는 꼴을 못 보고 들볶아 댔던 엄마 때문이다.

"엄마도 안 가져왔잖아."

"나는 안 심심해."

엄마는 수다 떨 친구들이 있으니까 그렇겠지. 나도 친구들하고 왔으면 심심할 겨를이 없었을 거다. 내 또래 애들도 없는 데로 끌고 왔으면 책임감을 가져야 하는 거 아닌가.

"따라와 봐. 혹시 아줌마들한테 책 있으면 빌려줄게."

게르에 박혀 책이나 읽고 있으면 그게 집에서 공부하는 거와 뭐가 다르냐고 따지고 싶었지만 엄마의 무공감 리액션에 맥이 빠졌다. 나는 차라리 재미난 소설책이 있기를 기대하기로 했다.

아줌마들은 모두 한 게르에 모여 있었다.

"느그들 책 가져온 사람 없나? 야가 심심해 죽겠단다."

듣보작가 아줌마가 시집이 있다고 했다. 시집? 솔직히 나는 상징이니 은유니 하면서 별것도 아닌 이야기를 못 알아먹게 써 놓은 시들은 딱 질색이다. 대놓고 싫다고 하기도 그래서 우물쭈물하고 있는데 카이스트 아줌마가 말했다.

"내한테 춘희 책 한 권 있다. 갖다 보그라."

그건 나쁘지 않다. 사실 듣보작가 아줌마가 쓴 소설이 궁금하던 참이었다.

"니가 춘희 책은 와 갖고 왔노?"

"사인 받을라꼬 가져왔다. 우리 준기네 교수한테 줄 기다. 그 교수가 글쎄 니 팬이라 카더라."

듣보작가 아줌마는 희귀한 자기 팬에 대해 더 듣고 싶은 표정이었지만 최강동안 아줌마가 눈치 없이 끼어들었다.

"서울에서 받으면 될 거를 와 여까지 갖고 왔노?"

"공항에 너무 일찍 와가 시간 보낼라꼬 서점에 갔다가 생각나서 사 온 기다."

카이스트 아줌마가 가방에서 비닐봉지에 담긴 책을 꺼내 주었다.

"선물할 거를 봐도 되겠나?"

엄마 말에 나는 얼른 덧붙였다.

"깨끗하게 볼게요."

"고마 니 해라. 아줌마가 선물로 줄게. 춘희야, 사인은 난중에 해 주그라."

카이스트 아줌마가 선선하게 말했다.

"고맙습니다."

나는 기왕이면 작가의 사인을 받고 싶었으나 카이스트 아줌마에게 미안한 마음이 들어 그냥 게르를 나왔다.

우리 게르로 돌아와 책을 꺼내 보니 소설이 아니라 여행에세이였다. 『나는 바람의 숨결을 보았다』라는 제목과 '네팔 오지에서 보낸 한 달'이란 부제가 쓰여 있었다. 표지의 오지 마을 풍경은 고비 사막보다 나을 게 없었다. 나도 모르게 한숨이 나왔다. 솔직히 시 다음으로 질색인 게 에세이다. 시가 은유와 상징으로 불친절하다면 에세이는 엄마 잔소리처럼 읽기도 전에 지루했다.

특히 여행 에세이는 제목에 혹해서 몇 권 읽어 봤는데 기껏 여행 다녀와서는 그곳 이야기 대신 진정한 자기 자신과 만났느니, 어쨌느니 엉뚱한 이야기만 늘어놓기 일쑤였다. 바람의 숨결 따위나 보았다는 이 책도 지루할 게 뻔했지만 책을 받아 온 이상 대강이라도 봐야 할 것 같았다. 뭔가를 주었으면 꼭 그에 대한 대가를 바라는 게 어른들이다. 이 책은 대가를 바라는 어른이 글을 쓴 이와 선물한 이, 둘이나 있다.

한편으로는 아무리 작가라지만 엄마 친구인 아줌마가 어떻게 한 달씩이나 집을 비우고 여행을 갔었는지 궁금하기도 했다. 책날개에 실린 소개 글엔 네팔에 학교를 세워 주는 봉사에 참여했다가 산골 마을이 너무 좋아 눌러 지내다 온 걸로 나와 있었다. 마음으로의 여행을 기록한 그 책은 예상대로 재미 유발 지수보다 수면 유도 지수가 훨씬 높았다. 나는 아슴아슴 잠 속으로 빠져들었다.

옆 게르에서 들려오는 왁자지껄한 웃음소리에 잠이 깼다. 얼마나 잤는지, 몇 시인지 알 수 없었다. 목이 말랐으나 물병은 비어 있고 여분의 물도 없었다. 생수병 박스는 아줌마들 게르에 있었다. 물을 가지러 부스스한 몰골인 채 옆 게르로 갔다. 무심코 안으로 들어서는 순간 번개 맞은 것처럼 정신이 번쩍 들었다. 그리고 그 자리에서 사라지고 싶었다. 바타르와 눈이 딱 마주쳤기 때문이다.

바타르는 아줌마들과 둘러앉아 양 뼈로 만들었다는 몽골 공기로 놀이를 하고 있었다. 어제 오는 길에 들렀던 얼음 계곡에서 아줌마들 중 누군가 산 것이다. 가공한 게 아니라 뼈의 어떤 부분이라고 했던 것 같다. 나는 진짜 양 뼈라는 말에 징그러워 만져 보지도 않았다.

엄마가 눈빛으로 용건을 물었다. 나는 대답 대신 엄마에게 눈을 흘기며 한옆에 놓인 박스에서 생수병 하나를 꺼냈다. 별을 보던 어젯밤엔 뒤늦게 나타난 바타르를 서로 끌어당겼던 아줌마들이 내게는 같이 놀자는 말도 없다.

"다인아, 우리 아이스크림 내기 하는 거니까 기대해라."

바람맞은 아줌마가 호기롭게 외치며 공깃돌을 던졌다. 그냥 구경이나 하라는 말이다. 바람맞은 아줌마에게도 눈을 흘기고 싶은 걸 꾹 참고 최대한 상냥하게 대꾸했다.

"와, 맛있겠다. 근데 아이스크림 파는 데가 있어요?"

"여기야 없지. 울란바토르 가서 먹을 기다. 지금 편 갈라서 내기 중이다."

"니는 느그 엄마 응원해라."

그냥 바타르랑 놀고 싶다고 솔직하게 말할 것이지, 울란바토르에서 파는 아이스크림을 놓고 내기라니.

내가, 듣보작가 아줌마가 보았다는 바람의 숨결을 자장가 삼아 잔 사이 아줌마들은 바타르와 놀고 있었다. 어째서 이런 기회가 내게는 한 번도 오지 않는지 의문이다.

5

말 타는 곳에 가자 마부와 말들이 우리를 기다리고 있었다. 바타르가 직접 안장에 앉는 방법과 고삐로 말을 다루는 요령을 설명했다. 시범을 보이느라 말 등에 훌쩍 올라탄 바타르는 무대 위의 지노 오빠처럼 멋있었다.

나는 이마에 점처럼 흰 무늬가 있는 흑갈색 말을 골랐다. 상상 속 나는 그 말을 타고 초원을 달리는데 현실의 나는 마부의 도움을 받아 말에 올라타는 것도 절절맸다. 말 등에 앉으니 생각보다 훨씬 높았고, 말이 조금만 움직여도 간이 졸아드는 것처럼 무서웠다.

타자마자 말이 앞발을 쳐드는 바람에 기절할 뻔한 바람맞은 아줌마는 결국 승마를 포기했다. 아줌마는 죽어도 못 타겠다면서 저녁을 먹기로 한 유목민 게르에서 우리를 기다리겠다고 했다. 그럼 그 말은 바타르가 타그라. 그래, 돈 냈는데 안 타면 아깝다. 바타르, 시범 한번 보여 봐라. 아줌마들은 친구가 말을 못 타게 됐는데도 안타까워하기는커녕 신나서 떠들었다.

나는 꿈에서처럼 바타르와 나란히 말 타는 모습을 상상했다. 빨리 혼자 탈 수 있게 열심히 연습해야지. 우리 일행이 모두 말을 탄 뒤 바타르가 바람맞은 아줌마 말 위로 훌쩍 뛰어올랐다. 고삐도 직접 잡았다. 덜덜 떨며 올라타서는 엉거주춤한 자세로 앉아 있는 나와 아줌마들과는 차원이 다른 모습이었다.

마부가 이끄는 말을 탄 우리가 주춤주춤 가고 있을 때 바타르의 말이 치고 나오더니 초원을 달리기 시작했다. 아줌마들이 환호성을 질렀다. 흰색 말과 한 몸이 돼 바람처럼 초원을 달리는 바타르의 모습은 가슴 떨리도록 멋있었다. 내가 괜히 바타르를 좋아하는 게 아니다. 나는 휴대폰을 꺼내 엄마를 찍는 척하며 바타르만 찍었다. 한 손으로만 끈을 잡으려니 불안하고 겁나서 사진이 자꾸 흔들렸다. 사진 속에 바타르와 함께 달리는 내가 없는 게 안타까웠다. 이따 같이 한 장 찍자고 해야겠다.

시간이 지나자 각자의 실력에 따라 여기저기 흩어져 말을 탔다. 엄마는 마부 아저씨에게서 고삐를 넘겨받아 혼자 타고 있었다. 자세도 제법 그럴듯했다. 말 탈 생각에 가슴이 뛴다더니 괜히 폼 잡느라 한 말이 아니었다. 나도 멋지게 타고 싶었지만 말이 말썽이었다. 제일 근사해 보여 고른 말이었는데 마부 아저씨의 명령도 안 먹혔고 제멋대로 움직였다. 말을 바꾸고 싶었지만 통역해 줄 바타르는 초원이 좁아라 누비는 중이었다. 아줌마들은 물론 엄마도 자기 말 타느라, 바타르 감상하느라, 또 내 존재를 잊은 듯했다.

솔직히 나는 이번 여행에서 아이가 나 혼자라 공주 대접을 받을 줄 알았다. 그런데 아줌마들은 자기네들이 공주인 줄 착각하고 있었고 바타르는 왕자였다. 이제는 말까지도 날 무시해 물을 마신 웅덩이 앞에서 꿈쩍도 하지 않았다. 마부가 채찍질을 해도 움직이는 시늉만 할 뿐 웅덩이를 떠나지 않았다. 엉덩이 아파 가며 이런 말을 타느니 걸어가는 게 나을 것 같아 마부에게 내리겠다고 손짓으로 표현했다. 거의 다 내린 순간 말이 펄쩍 뛰는 바람에 나는 땅바닥에 나뒹굴고 말았다. 그때 내 입이 아닌 아줌마들 사이에서 비명이 들려왔다.

날 보았나 보다. 이제 엄마보다 바타르가 먼저 바람처럼 달려올 것이다. 그리고 나를 번쩍 안아 자기 말에 태우겠지. 아픈 것도 잊을 만큼 심장이 뛰었다. 굴러온 기회를 붙잡기 위해선 조금 더 아픈 척해야 했다. 땅바닥에 앉은 채 발목을 만지고 있는데 마부가 갑자기 내 말에 올라타더니 달려가 버렸다. 어이가 없었다. 그런데 바타르가 말에서 떨어져 비탈길을 구르는 게 보였다. 깜짝 놀라 일어서려던 나는 엄마가 오는 걸 보곤 다시 주저앉았다.

"많이 다쳤어?"

엄마는 쫓아온 마부가 잡아 줄 새도 없이 말에서 허둥지둥 내리며 물었다. 달려와 준 엄마 덕분에 마음이 조금 풀려 엄살은 부리지 않기로 했다. 엄마의 부축을 받으며 일어서 보니 발목이 약간 시큰한 것 빼곤 걸을 만했다. 내가 괜찮다는 걸 알자 엄마의 관심은 바타르에게로 옮겨 갔다. 나도 마찬가지였다. 바타르가 많이 다쳤을까 봐 걱정됐다.

잠시 뒤 발목을 삐고, 팔뚝에도 큰 상처가 난 바타르가 절뚝거리며 다가왔다. 몇몇 아줌마들이 각기 일회용 밴드와 상처 난 데 바르는 연고, 손수건을 꺼내더니 치료해 주겠다고 나섰다. 아줌마들은 온 마음으로 고통을 나누겠다는 자세였지만 바타르는 한없이 민망한 기색이었다. 모두 보는 앞에서 떨어졌으니 아픈 것보다 쪽팔린 게 더 클 거다. 그럴 때는 모르는 척해 주는 게 고마운 건데.

그래도 나는 아줌마들이 부러웠다. 아줌마들은 아들 같다는 핑계로 바타르에게 하고 싶은 말과 행동을 마음껏 할 수 있다. 바타르를 에워싼 아줌마들이 내 나이보다 더 큰 산처럼 여겨졌다.

6

저녁을 먹을 유목민 게르는 월요 아저씨네 친척 집이었다. 실제로 현지인 게르를 구경하는 건 좋았지만 그곳에서 식사까지 하는 건 좀 짜증 났다. 시간이 성큼성큼 흘러 얼른 캠프파이어 시간이 오면 좋겠다. 캠프파이어를 하려면 다친 바타르가 좀 쉬어야 할 텐데.

월요 아저씨의 친척들이 우리를 반겨 주었다. 삼대가 산다는 게르 안은 숙박 시설인 우리 숙소와 많이 달랐다. 남쪽으로 난 문에서 바라다보이는 곳에 달라이 라마 사진과 향불, 조화 등이 놓인 제단이 있었다. 그리고 벽이나 칸막이가 따로 없는 주방 공간에서 우리에게 줄 만두처럼 생긴 음식이 만들어지고 있었다. 내 또래로 보이는 여자아이가 수줍은 기색으로 자기 엄마를 돕고 있었다. 게르 안에는 십 대 여자아이가 있다는 걸 알 만한 물건이 보이지 않았다. 자기 방도 없이 할머니와 부모님 그리고 동생들과 함께 말과 양을 치며 살면서도 편안한 얼굴인 게 신기했다. 남들 앞이라 억지로 불만을 참는 건지도 모른다. 아무튼 나 같았으면 벌써 말을 타고 달아났거나 비뚤어졌을 거다.

제일 웃어른인 할머니가 우리에게 마유주인 아이락을 주었다. 고비에 온 첫날, 그 맛을 이미 경험해 본 아줌마들은 난감한 표정을 지으면서도 조금씩 마셨다. 그때처럼 거부감을 티나게 표현하는 사람은 없었다. 나도 간신히 한 모금 마신 뒤 엄마에게 잔을 넘겨주었다. 그런데 할머니가 몽골 전통 우유 과자라는 아롤을 내게 건넸다. 내가 어리다고 특별히 준 것 같은데 입에 맞지 않기는 마찬가지였다.

저녁을 기다리는 동안 우리는 델이라는 몽골 전통 의상을 빌려 입고 사진을 찍었다. 바타르와 단둘이서도 찍고 싶었지만 끝내 말하지 못했다.

시간이 흐른 뒤 음식이 나왔다. 나는 몽골 음식에 도전해 보기로 단단히 결심했으나 냄새를 맡는 것만으로도 힘들었다. 억지로 먹은 아롤 때문에 더했다. 더 있다가는 토하는 꼴을 보일 것 같아 슬그머니 자리에서 일어났다. 아줌마들은 사진 찍느라, 음식 먹느라, 품평회 하느라, 수다 떠느라 바빠 아무도 내게 신경 쓰지 않았다. 엄마도 마찬가지였다. 차라리 그게 나았다. 바타르 앞에서 더는 몽골 음식 못 먹는 걸로 주목받고 싶지 않았다.

나는 사람들 눈에 띄지 않게 게르 뒤편으로 갔다. 그쪽은 완만하게 경사진 구릉으로 이어져 있었다. 언덕 너머에 무엇이 있을지 궁금하지 않았다. 낮은 언덕 하나 넘었다고 지금까지와 다른 풍경이 펼쳐질 리는 없었다. 나는 그저 음식 냄새가 따라오지 않는 곳으로 가고 싶어 언덕을 올라갔다. 예상대로 여태 보아 온 것과 조금도 다르지 않은 광경이 눈에 들어왔다.

나는 게르 반대쪽 구릉 비탈에 앉았다. 보이지 않으니 아줌마들의 목소리마저 들리지 않는 것 같았다. 조금 앉아 있자 서쪽 하늘이 붉게 물들기 시작했다. 어제저녁과 같은 노을이었다. 오늘 새벽 일출을 보며 했던 생각이 떠올랐다. 하늘이 저렇게 붉은 건 거인이 다시 모닥불을 피우기 시작했기 때문이야. 끝없는 들판에 혼자 외롭고 쓸쓸하게 앉아 있을 거인을 떠올리자 코끝이 매콤해지면서 그의 고독이 내 것인 양 느껴졌다.

누군가를 좋아하는 게 이토록 쓸쓸한 일이라는 걸 처음 알았다. 바타르가 없었다면, 바타르를 좋아하지 않았다면, 이번 여행이 심심하고 지루했을진 몰라도 쓸쓸하지는 않았을 거다. 그런데 이상하게 그 감정이 나쁘지 않았다. 심지어 바타르 때문에 들뜨고 흥분한 나보다, 쓸쓸함 그 자체인 듯 노을 진 언덕에 홀로 앉아 있는 내가 더 마음에 들었다. 뭔가 한층 고결해진 느낌이라고나 할까.

하지만 마구 달려드는 모기떼가 고결한 영혼에 계속 머물고 싶은 날 방해했다. 손을 휘저어 모기떼를 쫓다가 내 옆에 와 있는 바타르를 발견했다. 나는 언제나처럼 꿈이거나 상상일 거라고 여겼다. 꿈속의 바타르가 양인지 염소인지 모를 꼬치구이가 담긴 그릇을 든 채 내 옆에 앉았다. 이제 꿈에서 깨겠지. 그 순간 종아리가 따끔했다. 모기가 문 모양이다. 아픈 걸 보니 꿈이 아니다. 그래도 나는 바타르와 단둘이 있는 게 현실임을 믿지 못했다.

"저녁 안 먹으면 어떻게 해요. 이 고기 냄새 조금만 나요. 먹어 봐요."

바타르가 꼬치구이를 내게 건넸다. 꼬치가 분명히 내 손에 있다. 꿈이 아니라는 게 확실해지자 몽골 음식이 냄새난다고 자리를 피한 게 너무 부끄럽고 미안했다. 꼬치를 받아 든 나는 눈을 질끈 감은 채 고기 조각 하나를 빼 먹었다. 구운 고기는 바타르의 말처럼 냄새도 안 나고 먹을 만했다. 내 표정을 지켜보던 바타르가 웃었다. 눈을 질끈 감았던 것도 미안했다. 고기를 한 조각 더 빼 먹으며 머릿속을 더듬었다. '고맙습니다'가 뭐였더라? 생각났다!

"바야랄라."

아줌마들이 열심히 몽골말을 배울 때 주워들은 거였다. 아줌마들은 말을 탈 때도, 유목민 게르에 와서도 틈만 나면 몽골말을 했다. 하지만 제대로 사용하는 걸 못 봤다.

"그거 아니고 바야를라."

바타르가 웃으며 바로잡아 주었다.

"아차, 바야를라. 오빠도 드세요."

노을 덕분에 나는 빨개진 얼굴을 감출 수 있었다. 내 말에 바타르도 꼬치구이를 먹기 시작했다. 우리는 눈이 마주칠 때마다 웃었다. 바타르의 팔뚝에 묶인 손수건 사이로 피부가 벗겨진 상처가 보였다. 창피할까 봐 내가 그 상처를 모르는 척한 것처럼 바타르도 천지를 울리듯 뛰는 내 심장 소리를 모르는 척해 주길 바랐다.

꼬치구이가 줄어들수록 마음이 급해졌다. 바라고 바라던 둘만의 시간인데 바타르랑 뭘 하고 싶었더라? 그동안 상상했던 일들을 떠올려 보려고 애썼지만 감기약을 먹었을 때처럼 머릿속이 몽롱했다.

"친구 없어서 심심하지요?"

바타르의 물음에 코끝이 찡해졌다. 그는 알고 있었구나. 좋아하는 사람에게 이해받는 것처럼 행복한 일은 없다. 나는 고개를 저었다.

"바타르 오빠 있어서 안 심심해요."

내가 무슨 말을 한 건지 깨닫는 순간 얼굴이 홧홧해졌다. 나는 바타르를 마주 볼 수 없어 무릎을 감싸 안은 채 땅바닥에 의미 없는 낙서를 했다. 대지를 물들인 노을이 내 얼굴빛도 감춰 주기를.

"나, 케이 팝 좋아하는데 다인은 어떤 노래 좋아해요?"

꿈꾸던 순간이 찾아왔다. 나는 주머니에서 허둥지둥 휴대폰을 꺼냈다.

"전 야누스 노래 좋아해요."

휴대폰을 켜 바타르에게 야누스 사진부터 보여 주었다. 배터리가 한 칸밖에 남지 않아 마음이 급해졌다.

"여기, 이 사람이 지노예요. 바타르 오빠랑 닮았어요."

바타르가 휴대폰을 가져가 유심히 들여다보았다.

"이 사람 훨씬 잘생겼어요. 다인은 누구 제일 좋아요?"

바타르가 내게 휴대폰을 돌려주며 물었다. 지노라고 말하고 싶었지만 바타르에게 대놓고 고백하는 것 같아 잠자코 야누스의 노래를 켰다. 노래가 흘러나왔다. 지노 파트가 시작되려고 할 때 나는 얼른 소리를 키우며 말했다.

"지노 오빠 솔로 파트예요. 전 이 부분이 제일 좋아요."

오늘도 난 네 창문 앞을 서성대
꿈에 보던 네 미소 잊지 못한 채
눈물이 흘러도
내 맘이 아파도

새벽은 찾아오고

창문을 열어 줘

open your mind, baby

창문을 열어 줘

I'll show you the world, baby

바타르를 향한 내 마음인 것 같은 노래는 아득하게 넓은 공간을 노을처럼 적셨다. 바타르와 나, 우리는 거인족이 돼 그 안으로 스며들었다.

넷째 날, 사막의 신기루

1

차 소리에 잠이 깼다. 어젯밤, 게르에 다른 단체 여행 팀이 들어왔는데 일찍부터 움직이나 보다. 이상하게 고비 사막에서는 귀도 더 잘 들리고 더 멀리까지 보였다. 들을 것도 볼 것도 없는 곳에서 귀와 눈이 더 밝아지다니 아까운 일이다. 게르 안이 조용한 걸 보면 엄마는 아직 취침 중인 모양이다. 문틈으로 햇살이 새어 들어왔다.

나는 똑바로 누워 가슴 위로 손을 모은 채 노을 진 언덕을 떠올렸다. 나와 바타르가 나란히 앉아 음악을 듣고 있던 모습이었다. 밤새 모닥불을 피우던 거인은 날 기다리는 바타르였다. 그리고 드디어 만난 것이다. 상상이나 꿈이 아닌 그 기억은 자면서도 나를 미소 짓게 했다. 어제 아침까지 헛꿈만 꾸었다면 오늘 아침의 이 설렘은 구체적인 근거가 있는 감정이다. 나는 이불을 꼭 끌어안았다.

그때 게르 문이 열리며 아직 자는 줄 알았던 엄마가 들어왔다.

"어? 어디 갔다 와? 날씨 좋지?"

나는 기분이 좋아 엄마에게 먼저 말을 걸었다. 엄마가 아니라 다른 사람이어도 벅찬 감정을 이기지 못해 말을 걸었을 거다.

"바타르 배웅하고……."

엄마가 중얼거리듯 말하며 자기 침대로 갔다. 처음엔 무슨 말인지 이해할 수 없었다. 배웅이라고? 바타르를? 배웅은 가는 사람한테 하는 거잖아. 다음 갈 데에 답사라도 갔나? 아직 남아 있던 달콤한 잠기운이 심술궂은 바람에 쓸려가듯 사라졌다. 나는 그 자리에 들어서는 불안함을 모르는 척하며 물었다.

"어디 갔는데?"

"울란바토르."

엄마가 침대 위를 정리하며 대답했다.

"뭐? 왜?"

나는 벌떡 일어나 앉았다.

어제 숙소로 돌아오니 9시가 넘어 있었다. 갑자기 날씨가 돌변해 비가 쏟아질 것처럼 바람이 불고 구름이 잔뜩 끼어 별도 보이지 않았다. 캠프파이어는 다음 날로 미뤄졌고 아줌마들은 푹 쉬라며 바타르를 숙소로 들여보냈다.

캠프파이어를 못 해도 좋았다. 바타르와 함께 노을에 잠긴 언덕에서 보낸 시간이 꿈만 같았고, 조용히 그 순간을 다시 음미하며 내 것으로 각인해 두는 시간이 필요했다. 그리고 다음 날은 그동안과 다른 하루가 시작될 거라고 믿어 의심치 않았다. 그런데 바타르가 우리, 아니, 나를 두고 울란바토르로 돌아가다니.

엄마가 그 이유를 들려줬다. 바타르의 발목 부상이 밤사이 더 악화돼 오늘 울란바토르로 돌아가는 다른 여행 팀 가이드와 바꿔 떠났다는 것이다. 내가 장밋빛 꿈에 빠져 있는 사이 벌어진 일이었다.

"그런 게 어딨어! 어제는 괜찮았잖아."

울고 싶은 기분으로 외쳤다.

"내색 안 하고 움직이길래 그런 줄 알았는데 아니었나 봐.

좀 전에 보니까 발목이 퉁퉁 부어서 제대로 디디지도 못하더라."

노을 진 언덕을 떠날 때 절뚝거리기는 했다. 그래도 그 정도로 심할 줄은 몰랐다. 바타르가 창피할까 봐 아는 척하지 않은 게 후회스러웠다. 아픔은 나눌수록 줄어드는 거랬는데. 바타르는 아픈 다리로 나를 위해 그곳까지 와 준 거였다.

"나 왜 안 깨웠어?"

엄마가 원망스러웠다.

"곤하게 자기도 하고, 일찍 깨우면 짜증 내잖아. 그리고 바타르랑 어젯밤에 춘희 아줌마네 게르에서 작별 인사 다 했는데 일찍 눈이 떠졌길래 배웅한 거야."

다른 때는 인정사정없이 깨우면서. 나는 엄마를 힘껏 째려보았다.

"무슨 말 없었어?"

'나한테'라는 말은 뺐지만 바타르가 내게 아무 말도 남기지 않고 떠났을 리가 없다.

"미안하다지, 뭐. 우리 팀 끝까지 책임지지 못하고 가서 속상하고 미안하대."

엄마는 계속 무언가를 정리하며 말했다. 그러느라 엄마가 내 모습을 보지 못해 다행이었다.

끝까지 책임지지 못하고 가서 속상하고 미안하단다. 나는 침대에서 내려와 문 쪽으로 걸어갔다. 게르 문을 열어젖히자 하늘과 땅 사이의 텅 빈 공간으로 점 같은 게 먼지를 일으키며 사라지는 게 보였다. 아니, 보이는 듯했다.

2

아침을 먹고 나서 홍고린 엘스라는 모래사막에 가기 위해 차로 갔다. 고비 사막에서 가장 큰 모래 언덕으로 나 또한 기대하던 곳이다. 그런데도 기운이 하나도 없는 게 아무런 의욕이 나질 않았다. 바타르와 친해지고 싶었던 지난 사흘은 거센 물살처럼 빠르게 흘러갔는데 바타르 없이 보내게 될 사흘은 벌써부터 멈춰 선 것처럼 지루했다.

바타르 대신 온 가이드가 차 앞에서 우리를 맞이했다. 몽골 어디에서나 마주칠 것처럼 생긴 평범한 아저씨였다. 바타르가 없다는 게 실감이 나면서 누가 통째로 가슴을 뽑아간 것 같았다. 차가 출발하자 가이드가 자기소개를 했다. 우리나라 가구 공장에서 11년 동안 일했다는 새 가이드는 교

과서로 배운 바타르보다 한국말이 자연스러웠다. (그래서 더 낫다는 생각은 조금도 들지 않았다.) 아저씨 이름은 '니르구이'였는데 '니르'는 '이름'이라는 뜻이고 '구이'는 '없다'라는 뜻이란다. 이름이 없다는 뜻을 가진 이름이라니. 히어로인 바타르와 너무 비교됐다.

"몽골 사람들, 아기 태어나면 귀신이 아기 아프게 하고 죽게 할까 봐 우리 아기 없어요, 하면서 아기 조금 클 때까지 니르구이라고 불러요. 그런데 우리 아버지 일찍 돌아가서 이름 못 지어 줘서 내 진짜 이름 니르구이 됐어요."

이름 없는 아저씨가 이유를 설명했다.

"우리도 예전에 귀한 자식한테 개똥이, 쇠똥이 하고 불렀다잖아. 그런 긴가 보다."

"그런갑다."

그게 다였다. 이름 없는 아저씨를 대하는 아줌마들 태도는 바타르 때와 온도 차가 심했다. 바타르에겐 하이에나 떼처럼 달려들어 신상을 털더니 아저씨한텐 아무런 질문도 하지 않았다. 나는 그런 아줌마들을 흉볼 기분도 나지 않았다. 오히려 가장 기대했던 곳으로 가는데도 축 처져 있는 아줌마들에게 처음으로 동지애를 느꼈다.

이름 없는 아저씨는 가이드 임무를 다하려는 건지, 원래 성격이 그런 건지 말이 많았다. 홍고린 엘스에 대한 설명에서부터 자기 가족 이야기까지 말이 끊이질 않았다. 아저씨의 부모님과 친척들은 지금도 유목 생활을 하고 있고, 아저씨도 자식들 뒷바라지를 마치면 다시 초원으로 돌아올 거라고 했던 것 같다. 창밖을 내다보며 건성으로 들어서 정확하지는 않았다.

빈 도화지에 가로선을 그어 놓은 것처럼 반은 하늘이고 반은 땅인 단순한 풍경 속에 아주 가끔가다 말이나 양 떼가 있는 게르가 한 채씩 들어왔다. 문득 그곳에 사는 사람들은 어떻게 살아가는지 궁금했다. 만일 이 게르에 사는 아이가 저 게르에 사는 친구네로 걸어서 놀러 가려면 아침 먹고 출발해도 점심때나 간신히 도착하겠지. 그리고 조금 놀다 돌아서야 저녁 먹기 전에 집에 올 것이다. 아이가 친구와 헤어진 뒤 들판을 혼자 걸을 때 느낄 외로움이 실제로 손에 잡히는 물체처럼 생생하게 느껴졌다.

3

드디어 모래 언덕 앞에 도착했다. 언덕이라기보다 산 같아 올라갈 마음이 생기질 않았다. 차 맨 뒷자리 구석에 앉아 있던 나는 아줌마들이 다 내린 뒤에도 미적거리다 마지못해 일어섰다. 이름 없는 아저씨가 기다리고 있어서 어쩔 수 없었다. 차에서 내리자 따가운 햇살이 화살처럼 온몸에 내려꽂혔다. 저절로 얼굴이 찌푸러들었다.

이름 없는 아저씨가 "줄 거 있어요." 하면서 주머니에 손을 넣었다. 혹시 자기 자식 또래라면서 몽골 사탕 같은 걸 주려는 건가 싶어 짜증이 밀려왔다. 그런데 아저씨가 내게 준 건 접힌 종이였다.

"바타르가 줬어요."

가슴이 쿵하고 내려앉았고 반사적으로 엄마 쪽부터 보았다. 엄마는 아줌마들과 모여 서서 이야기를 하고 있었다. 나는 얼른 쪽지를 받아 손아귀에 감췄다. 심장이 사정없이 벌렁거렸다. 이름 없는 아저씨가 아줌마들한테로 가고 난 뒤 나는 두 번 접힌 종이를 조심스레 펼쳤다. 수첩에서 뜯어 낸 듯한 종이에 초등학생이 쓴 것처럼 반듯한 글씨가 적혀 있었다. 한 글자, 한 글자가 방망이처럼 심장을 두드렸다.

정다인, 만나서 반갑습니다.

여행 잘하고 꼭 쯔리레 보기 바랍니다.

오래 아껴 읽기에는 너무 짧았다. 내용도 특별할 게 없었다. 하지만 바타르가 내게 인사를 남겼다는 그 자체로 온 세상이 출렁일 정도로 기뻤다.

“다인아, 뭐 해? 얼른 와.”

엄마가 불렀다. 나는 종이를 고이 접어 주머니에 넣은 뒤 엄마 쪽으로 갔다. 바타르가 남긴 글이 그의 목소리가 되어 귓전을 울렸다.

모래 언덕 기슭에는 낙타를 태워 주는 일을 하는 사람들과 기념품 파는 아이들이 있었다. 가까이 갈수록 모래 언덕은 더 높아졌다.

“뭐 하느라고 이제 와?”

엄마가 가까이 간 나를 나무랐다. 다른 때 같으면 날 선 말대꾸를 했겠지만 지금은 바타르가 남긴 말로 가득해 엄마 말은 귀에 들어오지도 않았다.

이름 없는 아저씨가 낙타를 탈 거면 흥정해 주겠다고 했다. 그사이에도 혹이 두 개인 쌍봉낙타는 고비가 원산지라는 이야기로 가이드의 본분을 다했다. 하지만 아줌마들은 별 흥미가 없어 보였다.

"너, 타 볼래?"

엄마가 내게 물었다. 나는 고개를 젓다가 마음을 바꾸었다. 바타르가 여행 잘하라고 하지 않았나. 바타르가 있었다면 낙타를 탔을 거다. 이름 없는 아저씨가 1만 투그릭을 6천 투그릭으로 깎아 주었다.

"다인이가 우리 대표로 타는 기다."

아줌마들이 둘러서서 내 모습을 찍었다. 여행 와서 아줌마들의 관심을 독차지하는 건 처음이었다. 그런데 비탈진 모래밭에서 낙타 타기는 초원에서 말을 타던 것보다 열 배는 무서웠다. 나는 낙타를 탄 지 얼마 안 돼 내려 달라고 했다. 사진을 남겼으니 그것으로 족했다. 엄마가 아깝다고 잔소리를 할 줄 알았는데 별말 안 했다. 낙타에서 내리자 자잘한 토속 기념품이 담긴 간이 판매대를 목에 건 아이들이 우리를 에워쌌다.

"사고 싶은 거 있어?"

그동안은 조잡스럽다며 아무것도 안 사 주던 엄마가 물었다. 나는 게르 모형 기념품을 선택했다. 진짜 게르와 제법 비슷했고 문을 열 수도 있었다. 게르 안에 바타르의 편지를 넣어 둬야지.

“그래, 그게 젤 낫다.”

엄마는 웬일로 내 선택을 칭찬했다. 옆에서 보던 최강동안 아줌마가 게르에는 말이 있어야 하고, 한 마리는 외롭다며 흑갈색 말과 흰 말, 두 개를 사 주었다. 흑갈색은 내가 탔던 말, 흰색은 바타르가 탔던 말 같았다. 게르와 말들을 볼 때마다 몽골이, 고비 사막이, 바타르가, 그리고 그와 내가 거인족이 됐던 순간이 떠오를 거다.

우리는 모래 언덕을 오르기 시작했다. 햇볕에 달구어진 모래의 겉은 뜨겁고 속은 차가웠다. 나는 붉고 고운 모래밭에 남은 엄마 발자국을 따라 디디며 걸음을 옮겼다. 뜨겁고 서늘한 감촉의 모래가 뒤섞여 신발 속으로 흘러 들어왔다. 꼭대기에 올라가자 모래 언덕 아래로, 생각했던 것보다 훨씬 더 넓은 모래사막이 환상적인 물결을 이루고 있었고 그 너머로는 또다시 초원이 펼쳐져 있었다.

바람이 불었다. 그 바람은 우리의 머리카락과 옷자락을 휘날리게 했고 모래바람을 일으켰다. 이름 없는 아저씨가 귀를 기울이면 바람에 모래 알갱이들이 부딪히는 소리가 날 거라고 했다. 나는 바람 속에서 그 소리를 가려낼 수 없었다.

"고비 사람들, 여기, 노래하는 모래 언덕이라고 불러요."

이름 없는 아저씨는 우리를 계속 따라다니며 설명을 하고 사진을 찍어 주었다. 아줌마들은 다시 웃고 떠들기 시작했지만 활기보다는 공허함이 느껴졌다. 기운을 북돋우려는 안간힘 같기도 했다. 나도 엄마가 시키는 대로 앉으라면 앉고 서라면 서서 혼자, 짝지어, 또는 다 같이 사진을 찍었다.

모래 언덕 정상에 나란히 앉아 단체 사진을 찍고 난 뒤에도 일어서는 사람이 없었다. 마지막 기운까지 짜내 웃고 떠들어서인지도 몰랐다. 나도 엄마 곁에서 발을 모래 속에 파묻은 채 하염없이 초원을 바라보았다. 오늘 아침, 하늘과 땅 사이로 사라진 바타르가 다시 나타나기를 기다리기라도 하는 것처럼.

그런데 지평선 끝에 무엇인가 어룽거리는 게 나타났다. 너른 호수와 섬 같았다. 지평선에 호수라니. 나는 내 눈이 의심스러워 눈을 가늘게 떴다 크게 떴다 하며 자세히 보았다. 분명히 햇빛을 받아 반짝이는 호수와 섬이었다.

"저거 신기루 맞제! 느그들도 보이나?"

바람맞은 아줌마의 흥분한 목소리를 듣고서야 나는 저 멀리 보이는 게 신기루임을 깨달았다. 바타르가 꼭 보기를 바란다고 내게 말했던 바로 그 쯔리레였다.

"참말로 신기하네. 몽골말로 찌르레라고 했제?"

"쯔리레요!"

나도 모르게 말이 나갔다.

"맞아요, 쯔리레."

이름 없는 아저씨가 내게 엄지손가락을 세워 보였다.

"보인다, 보여! 산하고 강물하고 있는 게 꼭 시골 어디쯤 같다."

"내는 도시로 보이는데. 한강 변 같다."

"참말로 신기하다. 그래서 신기루라고 하는갑다."

"어디? 어디? 내는 안 보인다."

나는 바타르가 내게 남기고 간 선물이라도 되는 양 신기루를 바라보았다.

4

신기루에 빠져 있을 때 음악 소리가 들려왔다. 처음엔 이름 없는 아저씨가 알려 준 모래 언덕의 노래인 줄 알았는데 마두금이라는 악기 소리였다. 모래 언덕 아래 땡볕에서 몽골 사람이 해금처럼 생긴 악기를 연주하고 있었다. 여행자 몇 명이 구경하는 모습도 보였다.

"원래 마두금, 말 뼈하고 가죽하고 힘줄하고 털로 만들어요. 손잡이 끝에 말머리 조각 있어서 마두금이라고 부르는 거예요."

이름 없는 아저씨의 설명이 다 끝나기도 전에 최강동안 아줌마가 소리쳤다.

"그 이야기 나오는 그림책 있다. 금란아, 니도 알제?"

"그래. 독서 논술 교육 받을 때 공부한 책이다."

그림자 아줌마가 말했다. 나도 그 책을 안다. 도서관에서 빌렸던 책인데 오빠가 읽어 주었다. 여기 와서도 그 책이 생각나지 않았던 걸 보면 배경이 몽골이라는 사실을 몰랐던 것 같다.

주인공 수호는 양치기 소년이었다. 어느 날, 양 치러 들판으로 (내 눈앞에 있는 저런 들판이었을 거다. 그러자 책 내용이 좀 더 뚜렷하게 기억났다.) 나갔다가 하얀 망아지를 데려온다. 소년은 그 망아지를 아주 사랑했다. 세월이 흘러 늠름한 청년이 된 수호는 하얀 말을 타고 말타기 대회에 나간다. 그리고 바람처럼 달려 1등을 한다. (바타르 같았겠지. 그런데 바타르는 어쩌다 말에서 떨어졌을까? 다치지 않았으면 지금 여기서 함께 신기루를 보고 있을 텐데. 이게 다 말을 타 보라고 부추긴 아줌마들 탓이다.) 그런데 하얀 말이 탐난 원님이 수호를 마구 때리고 말도 빼앗아 버린다.

수호는 하얀 말을 잊지 못했다. (나도 바타르를 잊지 못할까?) 하얀 말도 수호를 잊지 않았다. (바타르도 나를 잊지 않을까?) 자기 등에 타려는 원님을 땅바닥에 내팽개치고 도망친 하얀 말은 온몸에 화살을 맞고 수호네 집으로 돌아온다. 그리고 죽는다. 슬픔에 빠져 있는 수호 꿈속에 하얀 말이 나타나서 말한다. (바타르도 내 꿈에 찾아와 줄까?) 자기로 악기를 만들라고. 악기를 만들어 연주하면 언제든지 함께 있는 거라고. (신기루는 정말 바타르가 내게 남기고 간 선물일까? 아니, 바타르가 신기루 자체였는지도 모르겠다.)

마두금 연주는 계속 이어졌다. 그 소리에 마음을 실은 채 무심코 초원을 바라본 나는 눈을 꾹 감았다 떴다. 신기루가 홀연히 사라졌다. 신기루가 있던 자리엔 막막한 지평선뿐이었다. 영원히 가 닿지 못할 것처럼 아득해 보였다. 갑자기 엄마가 흑, 하며 얼굴을 무릎 위에 묻었다. 깜짝 놀란 것도 잠시, 창피해진 나는 엄마 옆구리를 찌르며 다른 아줌마들을 훔쳐보았다.

놀랍게도 바람맞은 아줌마와 듣보작가 아줌마도 울고 있었다. 남편한테 배신당한 사람과 감수성이 남다를 작가가 우는 건 이해가 간다. 그런데 실적미달 아줌마도 울고 있다. 돌아갈 날이 가까워지니까 이번 달 실적이 걱정되나 보다. 그럼 엄마가 우는 이유는? 보나 마나 오빠 때문이겠지. 그런데 아들을 카이스트에 보낸 아줌마는 왜 우는 걸까? 그동안 없는 사람처럼 조용하던 그림자 아줌마는 또 왜 우는지…….

그런데 이상하게, 정말 이상하게 나도 눈물이 났다. 나는 잘 울지 않는 아이다. 억울하거나 아파서는 울지만 슬프거나 감동받을 땐 코끝만 시큰해지고 만다. 그런 내가 왜 눈물을 흘리고 있는 거지? 그것도 아줌마들 틈에 끼어 앉아서.

나는 눈물을 닦으며 재미없는 여행에 끌려온 게 억울해서라고, 그래서일 뿐이라고 이유를 댔다.

2부

✦

신기루

넷째 날

낮, 게르

다 같이 모래 언덕에 앉아서 우는 게 여행의 대단원이었어야 했다. 그러면 갑자기 쏟아졌던 눈물을 마두금 소리 때문이었다고, 여행이 끝나 가는 게 너무 아쉬워서였다고, 또는 그저 친구의 울음에 눈물 한 방울 보탰을 뿐이라고 변명한 채 일상으로 돌아갈 수 있었을 것이다.

하지만 우리의 여행은 아직 끝나지 않았고, 그건 울음의 의미를 스스로한테 고백해야 하는 시간이 남아 있다는 뜻이기도 했다. 나는 우리, 아니 내가 위기에 봉착했음을, 대단원은 위기와 절정을 겪어 내야만 맞이할 수 있음을 깨닫고 있었다.

"이게 뭐꼬."

모래사막을 뒤로하고 게르로 돌아가는 차 안에서 명화가 혼잣말처럼 중얼거렸다. 현재 상황뿐 아니라 자기 삶 전체에 대한 질문, 불평, 항의가 응축돼 있는 말로 들렸다. 그 애는 남편을 용서한 게 아니었다. 상처받지 않는 것이야말로 배신자에게 내리는 진정한 벌이라는 생각에 안간힘을 다해 견디고 있을 뿐이다. 나는 그 안간힘에 마음이 시려 왔다.

"언제 이래 나이를 먹었노. 갈래머리 탈랑거리면서 뛰댕기던 게 엊그제 같은데……."

정선이가 창밖에 시선을 준 채 한숨처럼 말했다. 남편의 사업 실패 뒤, 집에서 살림만 하던 정선이는 보험 설계사가 되겠다고 했다. 그때 나와 명화는 인경이처럼 논술 교사를 하라고 조언했다.

"내가 무신. 지금 와서 하는 말인데 내는 무늬만 문학소녀였던 기라. 내가 문학반에 와 들었는지 아나? 남고 문학반 아들이랑 미팅한다 캐서다. 내는 책, 안 좋아한다."

누구보다 성격 좋고 정 많은 정선이는 보험 설계사가 된 뒤 친구들에게 기피 대상이 됐다. 나 또한 그 애 전화를 피하고 핑계를 대 방문을 거절한 적이 있었다. 어느 날, 정선이가 내 휴대폰에 음성 메시지를 남겨 놓았다.

"내가 니한테 보험 들라꼬 연락하는 줄 아나? 인자는 사람들이 내를 호환 마마보다 더 무서워한다. 보험 안 들어도 되니까 내한테 친구도 있고, 반겨 주는 사람도 있다는 걸 느끼게 해 도. 내가 니한테 바라는 기는 그뿐이다."

자취하던 고교 시절, 엄마 밥보다 학교 근처에 사는 정선이네 밥을 더 많이 먹었던 나는 너무 부끄럽고 미안해서 암 보험을 하나 들었다. 정선이가 싫다는 걸 사정사정해서였다.

언제 이래 나이를 먹었노. 정선이의 말은 마치 자정을 알리는 동화 속 종소리 같았다. 우리는 허겁지겁 파티장을 빠져나와 누더기 옷을 확인해야 하는 신데렐라와 같은 심정이 됐다. 동화 속 신데렐라에게는 유리 구두 한 짝과 나머지 한 짝을 들고 찾아올 왕자님이 있었지만, 우리에겐 그저 현실에 대한 냉혹한 깨달음만 남았다.

낮, 꿈

수건을 뒤집어쓴 엄마와 함께 밭에서 감자를 캐는 중이었다. 아버지가 면사무소 공무원이어서 밭농사는 엄마 차지였다. 엄마는 하나뿐인 딸을 부려 먹지 못해 안달이었고, 나는 주말이 다가오면 자취방에 남아 있어야만 하는 핑계를 만들어 내는 데 문학적 재능을 소비했다.

오래간만에 본 엄마는 객지에 나가 고생스럽지는 않은지, 공부는 잘되는지, 대학은 어디로 가고 싶은지, 친구들하고는 잘 지내는지, 좋아하는 머슴애는 있는지, 열여덟 살 먹은 딸의 삶을 하나도 궁금해하지 않았다. 그저 감자 상하지 않게 호미질 잘하라는 잔소리뿐이었다.

엄마는 내가 집을 떠나 도청 소재지에 있는 학교로 진학한 것을 몹시 못마땅해했다. 그로 인해 늘어난 지출과 줄어든 일손 때문이었을 것이다. 딸이 명문 여고 학생이라는 사실을 자랑삼는 아버지의 허영심마저 없었더라면 나는 새벽차를 타고 읍내에 있는 학교엘 다녔겠지. 그랬으면 내 인생은 지금과 많이 달라졌을까.

따가운 햇살에 흙냄새 섞인 지열이 끼쳐 올랐고 목덜미의 땀이 등줄기를 따라 흘렀다. 더 새카매진 얼굴로 월요일에 등교할 생각을 하니 속이 끓어 호미 날이 감자에 박히건 말건 힘껏 땅을 파헤쳤다. 그리고 아무렇게나 줄기를 잡아당겼는데 감자알이 줄줄이 따라 나왔다. 밭 속의 감자가 모두 한 줄기에 달리기라도 한 듯 끝이 없었다.

"어무이, 이 감자 좀 보이소."

흥분한 나머지 조금 전의 속상함도 잊고 엄마에게 소리쳤다. 엄마가 돌아다보는 순간 나는 소리를 지르며 주저앉았고 그 비명에 놀라 잠이 깼다. 등이 땀으로 축축했다. 깨고 나서도 가슴이 툭탁거렸다. 날 돌아다본 엄마의 얼굴이 선명했다. 수건에 반쯤 가려진 얼굴엔 시커먼 구멍들뿐이었다.

나는 그게 꿈이라는 사실에 안도했다. 게르 천장에 뚫린 구멍 크기만큼 하늘이 보였다. 양 떼를 닮은 뭉게구름이 가득한 모습은 평화로워 보였다. 그 정도가 적당하지 게르를 나서면 덮칠 듯이 펼쳐져 있는 하늘은 두려웠다. 구름을 보는 동안 마음이 가라앉았다. 옆 침대에서 다인이가 뒤척거렸다. 나는 다인이의 잠든 얼굴을 보며 아까 있었던 일을 떠올렸다.

모래 언덕에서 돌아와 다인이에게 점심을 먹으러 가자고 하니 싫다고 했다. 아침도 굶은 터라 걱정이 됐다.

"아줌마들이 밑반찬 챙겨 온댔으니까 가자."

우리 건 이미 다 떨어졌다.

"싫다니까. 이따 올 때 컵라면에 물 부어서 갖다 줘."

"컵라면 너무 먹는 거 같아. 점심도 안 먹으면 아줌마들이 걱정하니까 같이 가자."

다인이는 고비에 온 뒤로 거의 한국에서 가져온 라면과 즉석 밥으로 끼니를 때우고 있었다. 나는 딸아이의 비위가 그렇게 약한 줄 처음 알았다.

"하던 대로 하셔. 전에는 내가 굶든지 말든지 관심도 없더니만."

다인이가 빈정거리듯 말했다. 이 애는 언제나 이렇게 억울한 소리를 한다. 여행 내내 친구들과 저 사이에서 신경 쓰느라 마음고생하고 있는 게 누군데. 늘 부루퉁한 얼굴과 말투, 부러 그러는 듯한 느려 터진 행동으로 속을 긁어 놓으면서 저는 다 잘하는 줄만 안다.

나는 치밀어 오르는 화를 꾹 눌러 참았다. 여행 와서까지 큰소리 내기 싫었고 한편으로는 그 마음을 이해할 것 같아서였다. 자기가 좋아하는 연예인 닮았다고 관심 갖던 바타르가 갑자기 떠나 버렸으니 허전하겠지. 집이었다면 내버려 두었을 테지만 여기서는 달리 할 것도 없어서 나는 한껏 부드러운 말투로 구슬렸다.

"누가 관심이 없어? 어제도 꼬치구이 해 달래서 바타르한테 보내 줬잖아. 그런 거 따로 부탁하기는 쉬운 줄 알아? 지금도 아줌마들한테 밥이랑 반찬 얻어 놓은 거고. 남한테 부탁하는 거 엄마가 얼마나 싫어하는지 알지?"

내 말이 다 끝나기도 전에 다인이가 소리치며 대들었다.

"그러니까 누가 데려오랬어? 안 온다고 했는데 엄마가 억지로 끌고 온 거잖아. 나는 뭐 아줌마들 틈에 끼어 다니는 거 좋은 줄 알아?"

다인이가 들고 있던 물병을 내던졌다. 뚜껑이 열려 있었는지 물이 바닥에 쏟아졌다.

"보자 보자 하니까! 어디서 물건을 던져?"

제 엄마는 마흔일곱 살이 돼서야 처음인 해외여행을 데려와 줬더니 고마운 줄도 모르고. 나는 다인이 등짝을 후려쳤다. 한 대 더 때리려는데 다인이가 내 팔을 움켜잡았다. 눈높이가 같게 자란 다인이의 힘은 나를 능가했다. 아이가 그렇게 자란 사실을 처음 안 것처럼 당황스러웠다. 다인이가 한풀 꺾인 목소리로 말했다.

"말로 하지 왜 때려? 물병 던진 건 잘못했어. 뚜껑 열린 줄 몰랐어. 바닥은 내가 치울게."

평소에도 제멋대로 굴다가 자기가 불리한 지경이 되면 재

빨리 용서를 빌거나 사과를 하는 아이였다. 남편은 그게 더 낫다지만 내 성격하고는 안 맞는다. 나는 여간해선 실수도 하지 않고 자기 잘못도 가벼이 넘기지 않는 진중한 형인이가 더 미덥다. 어쨌거나 덥고 기운 없는데 피곤한 상황을 빨리 끝낼 수 있게 된 건 좋았다.

"엄마도 때려서 미안해. 엄마 올 때까지 치워 놔."

점심을 먹고 오니 다인이는 잠들어 있었다. 나도 옆 침대에 누워 낮잠을 자다 악몽을 꾸었다.

여전히 낮, 모래의 울음

나는 다인이를 계속 바라보았다. 딸의 얼굴을 이렇게 오래 찬찬히 들여다보는 게 얼마 만인지 몰랐다. 잠들어서도 허전한 마음을 그대로 담고 있는 얼굴에 30여 년 전 내 모습이 겹쳐졌다. 내 속으로 낳았지만 늘 나와 너무 다르다고 여겨왔던 딸에게서 나를 보다니.

다인이만 했을 때 여름방학이면 우리 마을로 대학생들이 봉사 활동을 오곤 했다. 억센 사투리 속에서 사근사근한 말씨를 쓰는 대학생 오빠들은 현실 속 사람 같지 않았다. 나는 그 오빠들을 두고 펼치던 상상을 주체하지 못해 공책에 옮기곤 했다. 그동안 읽었던 문학 작품들을 흉내 낸 어설픈 소설이었다. 어설픈 내 소설은 대부분 남녀 주인공 중 한 명이 병에 걸리든지 사고를 당해 죽는 것으로 끝났다. 내가 읽은 책의 주인공들도 비극적으로 생을 마감하는 경우가 많았기 때문이다.

봉사 활동 기간이 끝나고 대학생 오빠들이 떠나면 세상도 함께 끝날 것 같았지만 그 자리엔 곧 다른 소설의 주인공이나 새로 온 교생 선생님, 연예인 같은 대체 인물이 들어앉곤 했다. 다인이에게 바타르는 지노의 대체물이었을 테니 복구도 더 빠르겠지. 빈자리가 더 크게 남은 건 나와 친구들 같다.

공항에서 첫 대면을 한 바타르는 가뜩이나 고교 시절로 돌아간 것처럼 들떠 있던 우리에게 나이를 잊게 해 주었다. 바타르와 함께하는 동안 우리는 거울에 비친 얼굴에서 주름도 기미도 삶의 흔적도 찾아낼 수 없었다. 현실로 되돌아올 마음의 준비를 할 새도 없이 갑작스레 바타르가 떠난 자리에는 우리가 그동안 누렸던 감정들이, 모르는 척 뒷발질로 밀어 놓았던 빨랫감처럼 남루한 모습으로 나뒹굴고 있었다. 우리는 마치 열일곱 살에서 곧바로 마흔일곱 살이 된 것처럼 억울하고 당황스러웠다.

모래 언덕에 앉아 울었던 건 사라진 시간에 대한 허망함 때문이었을까? 그래서 꿈조차 그 시절로 돌아간 걸까? 꿈. 방심한 사이 내 생각은 방금 꾼 꿈을 건드리고 말았다. 그래, 상관없다. 나는 꿈의 예지력 따위는 믿지 않는다. 자면서 꾸는 꿈은 그저 심리 상태가 반영된 것뿐이다. 나는 더는 도망치지 않고 끝없이 달려 나오는 혹 같은 감자알과 구멍뿐이던 엄마의 얼굴이 연상시키는 것들과 마주 섰다.

여행을 2주 앞두고 동네 병원에서 자궁암 초기 진단을 받았다. 의사는 종양의 위치가 좋지 않다며 큰 병원에 가 보라고 소견서를 써 줬다. 죽느냐는 내 질문에 의사는 웃으며 최악의 경우 자궁을 들어낼 수는 있어도 생명에는 지장이 없을 거라고 했다. 없다, 가 아니라 없을 거라는 말이 신경을 건드렸지만 더 캐묻지는 않았다. 완치율 높은 초기에 암을 발견한 것으로 운명이 내 편임이 증명됐기 때문이다.

꼬박꼬박 정기 검진을 받아 온 나는 미리 매복하고 있다 적이 발을 디밀기 전에 사로잡은 기분이었다. 이제 침입자를 처단할 일만 남았다. 나는 가족에게 발병 소식을 알리거나 큰 병원에 가는 대신 다인이의 여행 준비를 했다. 다인이와 단둘만의 추억이 별로 없음을 깨달았기 때문이다. 여권을 만들고 비자를 발급받으려면 날짜가 촉박했다.

내 엄마는 내가 형인이 나이와 같은 열여덟 살 늦가을, 자궁암으로 세상을 떠났다. 지금 내 나이보다 일곱 살이나 적은 나이에, 아직 아내를 잃기에는 젊은 남편과 엄마를 잃기에도 너무 어린 사 남매를 남겨 두고 말이다. 엄마와의 이별이 그렇게 빠를 줄 몰랐던 내게는 엄마와 싸우고 엄마를 미워한 기억밖에 없었다. 엄마의 죽음으로 나의 내면은 허물어지고 이지러졌다. 내가 망가지지 않았던 건 오기와 자존심 때문이었다. 나는 다시는 내 삶이 무엇이든 예기치 않은 습격으로 휘청거리는 일은 없게 하겠다고 다짐하며 살았다.

모래 언덕에서 울었던 건 그래서였을까. 늘 예비하고 조심했는데도 닥쳐온 재난이 억울해서? 아니, 인정할 수 없다. 충분히 극복할 수 있는 초기 암 따위가 내 인생의 재난이 되게 할 수는 없다. 정선이한테 든 것까지 암 보험을 세 개나 가입해 놓았으니 병원비를 치르고도 남을 것이다. 어쩌면 보험금으로 형인이 기숙 학원비도 댈 수 있을지 모른다.

이렇게 행운이 내 편인데 왜 울었는지 캐묻는 건 의미 없는 일이다. 굳이 답해야 한다면 모래 알갱이들이 북풍과 부딪히며 내는 노랫소리 때문이었다고 해 두겠다. 눈에 잘 보이지도 않는 모래 알갱이 하나하나가 바람과 부딪혀 소리를 내다니. 니르구이는 그 소리가 노래라고 했지만 내게는 울음으로 여겨졌다. 인간의 숫자로 셀 수 없는 그 수많은 모래들이 한 알, 한 알, 제 설움을 쏟아 놓고 있는 소리를 들으며 어찌 울지 않을 수 있으랴. 내가 운 건, 그래서였을 뿐이다.

아직도 낮, 춘희

상념에 휘둘리지 않으려고 일어나 앉자 열어 놓은 문으로 바깥 풍경이 눈에 들어왔다. 게르들이 햇살을 피해 웅크린 짐승처럼 보였다. 그 안의 사람들도 함께 숨죽인 듯했다.

침대에서 내려와 문가로 간 나는 팔을 밖으로 뻗어 보았다. 대기에 가득 찬 정적은 어찌나 밀도가 높은지 팔뚝에 질감이 느껴질 정도였다. 팔을 흔들어 보았지만 그 정도로는 아무런 파장도 불러일으키지 못했다. 세상이 멈춰 버린 듯한 고요. 살면서 두 번 경험했다. 담임 선생님에게서 엄마의 사망 소식을 전해 듣던 순간, 그리고 의사한테 암 선고를 받았던 순간, 아주 짧게 찾아왔던 정적과 온몸을 관통했던 지독한 적막감. 여행으로 떨쳐 버릴 수 있을 거라 생각했는데 사막을 이루고 있는 건 태초의 고요와 적막이었다.

나는 다시 내 침대로 돌아왔다. 그때 다인이가 움직이면서 책이 바닥으로 떨어졌다. 춘희의 책을 집어 들었다. 『나는 바람의 숨결을 보았다』. 그 순간 춘희가 보았을 바람의 숨결이 선연하게 느껴졌다.

"허세는."

나는 소리 내 말하며 그 책을 얼른 빈 침대 위에 놓았다. 사실 나는 춘희의 산문집을 읽지 않았다. 그 애가 쓴 소설들은 자기 삶의 고해성사 같아서 고백한 사람에 대한 연민, 그로 인한 위안이 느껴졌다. 하지만 여행 산문집은 표지와 제목만으로도 평범한 나와 다른 삶을 살고 있음을 일깨워 줬고, 그때 느끼는 감정은 예전과 같은 동경이었다. 나는 그 책이 내가 가서는 안 될 세계로 향한 문의 암호 같아서 펼칠 수가 없었다.

오로지 문학적 재능으로 한 인격을 평가하고 재단했던 문학 동아리 '글밭' 28기에서 나는 춘희, 주희와 더불어 '희 자매'로 불렸다. 담당 선생님이 예전에 유명했다는 가수 그룹 이름을 우리에게 붙여 준 뒤부터 그렇게 불렸다. 나는 주희를 무시했으며 춘희를 동경했다. 그리움과 부러움, 우러러봄이 동경의 빛이라면 좌절, 질투, 애증은 그 그림자일 것이다. 춘희를 향한 내 동경의 진실은 그림자에 속했다. 나와 춘희의 실력은 28기 쌍두마차로 인정받을 만큼 엇비슷했다. 그래서 내가 춘희에게 품고 있는 감정을 정확히 알고 있는 아이는 없었다. 춘희조차도 눈치채지 못했을 것이다.

중학생 때부터 소설을 끄적거려 본 나는 문학이 자기 삶을 숙주로 삼아 피어나는 것임을 어렴풋하게나마 알고 있었다. 글밭 동기들은 물론 선배, 후배, 지도 선생님을 깜짝 놀라게 할 작품을 쓰고 싶어 조바심치던 나는 춘희의 특별한 환경이 부러웠다.

춘희는 엄마와 단둘이 살았다. 눈에 띄는 미모였던 그 애 엄마에게는 많은 소문이 따라다녔다. 아버지를 닮았는지 춘희는 자기 엄마만큼 예쁘지는 않았다. 하지만 엄마의 사연들이 덧씌워져 춘희에게서는 독특하고 신비로운 분위기가 풍겼다. 제일 예쁘다고 인정받던 인경이보다 내 눈에는 춘희가 더 매력적으로 보였다.

춘희는 수많은 소문들을 한 가지씩만 소재로 삼아도 무궁무진하게 소설을 써낼 수 있을 것 같았다. 나는 춘희의 환경은 물론 이름마저 질투했다. 그 당시 우리는 문학을 하려면 세계문학 전집 정도는 통째로 읽어 줘야 한다는 분위기에서 지냈다. 알렉상드르 뒤마의 『춘희』는 우리가 열광했던 책 중 하나였다. 춘희는 소설 주인공인 마르그리트 고티에가 늘 동백꽃을 들고 다녀서 붙은 이름이다. 원제는 '동백꽃을 든 여인'인데 일본어 번역 제목인 '춘희'가 그대로 쓰인 거라고 한다.

매춘부인 춘희와 순수한 귀족 청년 아르망의 아름답고 열정적인 사랑. 춘희의 죽음으로 영원해진 그들의 사랑…….
나도 그처럼 열정적인 사랑과 비극적인 삶의 주인공이 되고 싶었다. 아침마다 엄마가 싸 준 도시락을 자전거에 싣고 면사무소로 출근하는 아버지와 억척스럽고 무식한 엄마, 걸핏하면 투덕거리는 남동생들이 있는 우리 집은 이웃의 어떤 집과 바꿔도 상관없을 만큼 평범했다. 내가 작가가 되지 못한다면 이유는 단 하나, 미지근한 물처럼 밍밍한 환경 때문일 거라고 확신했다. 물컵에서 키우는 고구마는 아무리 무성한 덩굴을 벋어도 결코 알을 안을 수 없는 것처럼.

하지만 그 확신은 엄마의 죽음 앞에서 덧없이 허물어졌다. 비련의 여주인공을 탐했던 마음이 주술이 되어 날 엄마

없는 아이로 만든 것이다. 문학을 그만둔 건 주술에서 벗어나기 위해서였다. 문학을 위한 삶을 꿈꾸었던 게 얼마나 철없는 짓이었는지 벼락 맞은 것처럼 깨닫곤 글 쓴답시고 허비했던 시간을 만회하기 위해 열심히 공부했다. 그 결과 나는 서울에 있는 대학에 합격해 지긋지긋하게 여겼던 집과 고향을 떠날 수 있었다.

아버지는 내가 고등학교를 졸업하기도 전에 아들이 하나 달린 과부와 재혼을 했고 새어머니는 밭농사를 짓지 않았다. 이젠 밭일을 하지 않아도 되는데도 나는 어쩔 수 없을 때를 제외하곤 집에 가지 않았다. 원래부터 새어머니의 남편이었던 것처럼 자연스러운 아버지도 낯설었고, 새어머니는 물론 새어머니가 데려온 아들과 잘 지내는 동생들에게도 거리감이 느껴졌다. 엄마의 빈자리는 빠르게 채워졌다. 엄마를 지독하게 미워했던 나 혼자만 엄마를 잊지 못한 채 가족과 멀어졌다.

나는 깊은 상처와 외로움을 공부로 달랬다. 덕분에 4년 내내 장학금을 받았고, 졸업과 동시에 명함이 부끄럽지 않은 회사에 취직했다. 직장 동료와 연애 끝에 결혼하면서 그 당시 사내 분위기에 따라 내가 사표를 냈다. 첫아이 형인이는 엄마의 죽음으로 받은 내상을 치유해 주었고, 그 애를 키우며 여느 사람들과 다를 바 없이 진행되는 삶에 안도감을 느꼈다. 엄마에게 꼭 있어야 한다는 딸까지 낳자 내 삶은 좀 더 완전해졌다.

글무지개 모임이 시작된 건 춘희의 등단 덕분이었다. 소식통이던 정선이가 수도권에 사는 친구들을 불러 모아 축하 자리를 만들었다. 고등학교를 졸업한 지 18년 만이었다. 삼십 대 후반이었던 우리는 모두 결혼해서 아이 한둘씩을 낳았고 춘희는 이혼해서 딸과 살고 있었다. 당선작에서 여전히 불안정하고 신산스러운 삶을 엿본 나는 친구의 등단이 부럽지 않았다. 내 눈엔 춘희가 계속 찔리고 아파하면서도 벗을 수 없는 가시 면류관을 쓴 것처럼 보였다.

작가 친구라는 칭호를 액세서리처럼 목에 두른 채 우리는 아이들을 영어 유치원과 특목고, 나아가서는 명문대에 보내기 위한 전략과 정보를 나누기 위해 정기적인 모임을 만들었다. 기왕이면 이름도 짓자는 의견이 나왔다. 밥 먹고 수다만 떨다 헤어지면서도 모두 글밭 28기로서의 정체성을 드러내고 싶어 해서 '글무지개'가 되었다. 회비 통장에나 명시돼 있을 뿐 실제로는 쓸 일이 없던 글무지개란 이름은 다인이의 비웃음을 샀다.

“글무지개가 뭐야? 유치하게. 설마 일곱 명이라고 무지개를 붙인 건 아니지? 각자 색깔 하나씩 고르고. 아이고 웃겨. 푸하하하.”

실은 그랬지만 배를 잡고 웃는 다인이 앞에서 시인할 수 없었다.

“문학 동아리 동기 모임이니까 그냥 그렇게 지은 거야. 무지개처럼 다양하게 살자는 의미에서.”

나는 그렇게 둘러댔다.

각자 사느라 바쁜 가운데서도 글무지개가 유지될 수 있었던 건 춘희 덕이 컸다. 작가가 된 춘희는 간간이 문예지에 문제작도 발표하며 두 권의 소설집과 한 권의 장편소설, 또 한 권의 여행 산문집을 냈다. 그 덕분에 우리는 작가 친구가 있는 모임에 계속 애정을 가질 수 있었다.

그동안 나는 세련미라고는 없는 내 이름까지 상기시키는 ‘춘희’ 대신 꼬박꼬박 필명인 서영이로 불러 왔다. 그런데 다인이는 작가 이름으론 서영보다 춘희가 더 낫다고 했다. 요즘 애들 취향은 정말 알다가도 모르겠다. 다인이는 엄마가 제일 먼저 작가 될 줄 알았다는 아줌마들 말이 진짜냐고,

왜 글 쓰는 걸 그만두었냐고 물었다.

"나는 작가보다 니들 엄마인 게 더 좋아."

그 말은 진심이었다.

"작가는 특별한 거고 엄마는 결혼해서 아기 낳으면 될 수 있는 건데 뭐가 더 좋아? 근데 엄마 되게 웃긴다. 엄마는 그렇게 더 좋은 거 하고 살면서 우리, 아니, 오빠한테는 맨날 특별한 사람 되라고 갈구잖아. 춘희 아줌마 딸은 좋겠다. 엄마가 작가라서."

다인이는 춘희 딸을 부러워했지만 여전히 나는 춘희가 부럽지 않다. 내가 지금 가장 부러운 사람은 아들을 카이스트에 보낸 주희이고, 두 번째로 부러운 사람은 돈 잘 버는 인경이다.

밤, 어둠

사막에서 보내는 마지막 밤이다. 우리는 지난밤 바람이 심해 미루었던 캠프파이어를 하기로 했다. 양고기 바비큐도 곁들이기로 했다. 다인이가 군말 없이 따라나섰다. 내 속을 긁어 놓기 위해서라도 툴툴거리거나 뻗댈 줄 알았는데 뜻밖이었다.

오후 내내 다인이는 춘희의 책을 펼쳤다 덮었다 했다. 책을 읽는다기보다는 자기가 얼마나 심심한지 시위를 하는 모양새였다. 네팔 산골이나 고비 사막이나 재미없는 건 같을 테고, 그런 날이 한 달이나 되니 책도 그만큼 더 지루하겠지. 나는 다인이 마음이 충분히 이해돼 옷을 껴입으라는 잔소리 대신 두꺼운 옷과 담요를 챙겼다. 사막의 밤은, 한낮과 같은 곳이라는 게 믿기지 않을 만큼 기온이 뚝 떨어졌다.

캠프파이어 장소가 따로 있는 줄 알았더니 게르에서 조금 떨어진 곳 아무 데나 자리를 잡으면 되는 거였다. 하늘엔 첫날처럼 별이 총총했다. 초원에 누워 별을 보며 환호했던 게 아주 오래전 같기도 방금 전 일 같기도 했다. 여기서 겪은 모든 일들은 시간의 지배 아래서 벌어진 것 같지가 않았다. 두 시간 전 일인지 혹은 어제 일인지, 아주 오랜 시간이었는지, 찰나였는지 분간이 되지 않았다. 이런 곳에서 오래 있다가는 현실감을 잃을 것 같았다. 그래서 내일 돌아간다는 게 아쉽기보다는 안심이 됐다.

태양이 비출 때는 비어 있던 들판이, 밤이 되자 무엇이 숨어 있을지 모를 어둠으로 가득 찼다. 하늘 가득한 별들도 어둠을 밝히기보다는 반짝반짝, 자기 이야기를 하기 바빴다. 니르구이와 다와가 어둠과 써늘함과 모기를 몰아내고 환한 온기와 낭만과 추억을 불러올 모닥불을 피우기 시작했다.

우리는 두 남자가 불붙이기 쉽도록 손전등 빛을 비춰 주었다. 불쏘시개인 마른 소똥은 냄새도 나지 않고 불이 잘 붙었다. 그 위에 캠프에서 준비해 준 장작을 올리고 계속 부채질을 하자 불똥을 튀기며 불길이 피어올랐다. 손전등을 끄니 모닥불이 제 빛만큼 어둠을 몰아냈다. 우리는 빛과 온기 아래 둘러앉았다. 모기를 쫓아내지는 못했지만 기대했던 대로 낭만적이었고 추억들이 떠올랐다.

"이러고 있으니까 경포대에 놀러 갔던 거 생각난다. 느그들도 기억나제?"

"고1 때니까 꼭 삼십 년 됐다카이."

"그때 입었던 옷이랑 그때 먹었던 하드 맛도 다 생각나는데 그기 삼십 년 전이라니 믿기지가 않는다."

"인경이 바닷물에 빠졌던 거 생각나나? 무르팍도 안 차는데서 하나님, 부처님, 예수님 다 찾고 난리쳤다 아이가."

"명화는 또 어떻고. 옆자리서 놀던 머스마가 지 좋아한다꼬 김칫국 사발로 마셨는데 알고 보이 정선이한테 쪽지 전해 달라 캤잖아."

"쪽팔리구로 그 얘기 고마해라."

"참말로 삼십 년이 언제 이래 후딱 가 삐렀노."

마흔일곱 살 먹은 여자들의 수다와 웃음소리와 한숨이 모닥불을 춤추게 했다. 나 또한 그때 불렀던 노래, 그때 암송했던 시들이 선명하게 떠올랐다. 엄마가 아직 내 곁에 있던 때, 엄마를 싫어하고 또 창피하게 여기던 때였다. 다인이가 쿡쿡 웃는 게 보였다. 둘이 되면 또 지금 들은 이야기에서 흉거리를 찾아내겠지.

우리가 왁자지껄 떠드는 동안 니르구이와 다와는 한옆에서 양고기 구울 준비를 했다. 돌덩이 두 개로 만든 화덕 안에 소똥 불을 피운 다음 그 위에 철망을 걸쳐 놓았다. 니르구이가 적당한 크기로 잘라 소금과 후추 간을 해 놓은 양고기를 철망 위에 올려놓자 지글지글 구워지기 시작했다. 저녁을 먹었는데도 군침 돌게 하는 냄새가 퍼졌다.

"엄마, 고기 냄새 맡고 늑대가 오면 어떻게 해?"

다인이가 겁먹은 얼굴로 내게 붙어 앉았다.

"늑대가 어딨다고 그래."

등 뒤로 끝 모르게 펼쳐져 있는 어둠이 섬뜩해 부러 퉁바리를 주었다.

"고비 사막에 늑대 있다고 인터넷에서 봤단 말이야."

다인이는 내 팔짱까지 끼며 부르르 떨었다. 이래서 아이는 아이인 거다. 자식의 공포와 불안을 몰아내 주는 것도 엄마의 의무다.

"가이드나 기사가 더 잘 알 텐데 위험하면 여기서 이렇게 하겠어? 아무 걱정 마."

내 말에 수긍했는지 다인이는 토를 달지 않았다.

"삼겹살 굽는 거랑 같네."

"캠핑 기분 제대로 난다카이."

"다 해 주니까 참말로 좋다. 골치 아픈 거 다 잊어 삐리고 맨날 이래 여행이나 다녔으면 좋겠다."

불빛 때문인지 다들 상기된 것처럼 보였다. 저 애들은 이 여행이, 사막이 그저 좋기만 한 걸까? 나는 이곳이 점점 불편해지고 있었다.

몽골 고비 사막으로 정해졌을 때 한 번쯤은 여행지를 의심했어야 했다. 동남아 리조트 같은 데서 편안하게 쉬고 싶은 게 아닌지, 또는 사막을 너무 낭만적으로만 생각하는 건 아닌지. 춘희가 작가라는 사실에 왠지 주눅 들어 의견도 제대로 말하지 못하고 모든 걸 맡긴 게 실수였다. 어쨌거나 내일 울란바토르로 돌아가니 다행이다. 나는 현실과 동떨어진 시공간인 사막을 한시바삐 벗어나고 싶었다.

니르구이가 구운 고기 몇 점이 담긴 접시를 가지고 오더니 가장 먼저 다인이에게 건넸다. 아이라고 챙겨 주나 보다. 다인이 또래 자식이 있는지도 모르지. 그러고 보니 니르구이에 대해 아는 게 별로 없다.

"뜨거우니까 조심해요."

소똥 위에서 구운 양고기라 싫다고 할 줄 알았는데 다인이는 말없이 받아 들곤 먹었다. 표정을 보니 다행히 입맛에 맞는 모양이다. 하긴 온종일 굶다시피 했으니 웬만하면 맛있겠지. 첫 해외여행인데 아이를 여러모로 불편한 곳에 데려온 게 후회됐다. 형인이 입시가 끝난 다음에 여행을 한 번 더 가야겠다. 대학생이 된 형인이의 유럽 배낭여행을 염두에 두고 들어 놓은 적금이 그 무렵에 만기가 되니 잘됐다.

글무지개에서 해외여행이 처음인 사람은 나뿐이었다. 아들을 카이스트에 보내 놓고 유럽 여행을 하고 온 주희처럼 나도 내년엔 보란 듯이 아이들과 함께 여행을 가고 싶다. 즐거운 상상이 모닥불과 함께 춤추었다.

명화와 인경이는 고기가 익기도 전에 맥주 캔을 비웠다. 인경이는 멀쩡한데 술이 약한 명화는 캔 하나에 벌써 혀가 꼬였다.

"오늘이 도대체 며칠이고? 여 있으니까 날짜 가는 것도 모르겠다."

"이러다 울란바토르 가면 한 오 년 지나 있는 거 아이가?"

"그라면 우리 쉰두 살이다. 끔찍하다카이."

다들 그 말에 공감했지만 솔직히 나는 나이 먹는 게 그렇게 싫지 않다. 내가 쉰두 살이면 형인이는 스물세 살, 다인이도 스무 살이 된다. 나는 어서 빨리 예순 살, 일흔 살이 돼 내 아이들이 자리 잡고 사는 걸 보고 싶다.

"다인이 니는 어떻겠노? 오 년 지나 있으면."

인경이가 다인이에게 물었다. 무슨 생각을 하는지 다인이 표정이 잠깐 흔들렸다.

"대학생이 되는데 좋죠. 성인이니까 맘대로 할 수도 있고."

다인이가 웃으며 말하다 내 쪽을 힐끗 보았다.

"지금같이 공부해서 대학이나 제대로 갈 수 있겠어?"

말은 그렇게 했지만 다인이의 스무 살을 생각하면 내가 다 설렜다. 객지에서 혼자 모든 걸 책임져야 했던 내 스무 살은 고단하고 외로웠다.

"느그 엄마는 이 좋은 밤에 참말로 재수 없는 소리 하고 있다, 그쟈?"

명화가 다인이에게 웃으며 말했다. 자기 아이들을 말레이시아 국제 학교로 보낸 다음부터 다인이를 더 예뻐했다.

"우리 엄마 원래 그렇잖아요."

명화가 한 말까지는 웃으면서 들었는데 다인이의 맞장구에 기분이 나빠졌다. 명화가 아이들을 외국으로 보낸 건 한국의 교육 환경이 싫어서가 아니라 성적이 신통치 않아서다. 저는 벌써부터 대학들의 글로벌 전형을 알아보고 있으면서 내게 아이들 좀 그만 들볶으라고 충고할 때면 어이가 없다. 불빛 속으로 스며든 어둠이 발목을 휘감았다.

형인이와 다인이를 두고 느껴지는 알 수 없는 조급함. 그래서 아이들을 닦달하게 만드는 조바심의 정체는 무엇일까. 사막의 어둠이 나를 자꾸 심연으로 끌어당겼다. 나는 불빛 아래로 발을 내뻗으며 말했다.

"집에 가서 기말고사 성적 한번 보자."

내 말에 다인이 표정이 샐쭉해졌다. 남들한테는 너그러우면서 제 엄마한테는 어찌 그리 인색한지.

그사이 구워진 고기 접시들이 중간중간 놓였고 안주를 핑계 삼아 여기저기서 건배를 외쳤다.

"내는 나중에 고비 사막 생각하면 눈물 날 것 같다. 니들은 안 그렇나?"

"가시나야, 니만 감정 있는 줄 아나? 여 다 글무지개 회원이다."

"내는 내가 그때 시를 썼다는 게 남 일 같다."

"남 일 맞다. 니 걸핏하면 남의 시 표절했다 아이가. 그것도 김영랑, 유치환 같은 유명한 시인들 시를 말이다."

"내가 쓰고 싶은 거는 벌써 그 사람들이 다 써 삐린 걸 우짜노?"

실없는 농담을 하는 친구들 얼굴에 불그림자가 너울거렸다. 그리움, 안타까움, 회한 같은 감정들이 소용돌이치는 것 같았다. 나는 그 안으로 휩쓸리지 않으려고 술 대신 커피를 마셨다. 혹시라도 술김에 친구들과 다인이에게 암에 걸린 사실을 털어놓게 될까 봐 걱정됐다. 별 보며 술을 마셨던 첫날 밤, 울컥해서 다 말해 버리고 싶은 기분이 드는 걸 경험했기 때문이다. 술과 분위기에 젖어 후회할 게 뻔한 일을 저지르고 싶지 않았다.

집에 가면 정밀 검사를 하고 치료도 받을 것이다. 인터넷에서 검색해 보니 초기 암은 약물 치료가 가능하고 완치율도 높다고 했다. 어쨌거나 남편에게는 알려야겠지. 보험 문제 때문에 정선이도 알게 될 것이다. 그 외에는 아무도 몰랐으면 좋겠다. 특히 한창 중요하고 예민한 시기인 아이들에게 충격과 혼란을 주고 싶지 않았다.

깊은 밤, 니르구이

시간이 지나자 몇 명 안 되는데도 술 마시는 파, 대화를 나누는 파, 감상에 젖은 파로 나뉘었다. 대화 파인 나는 주희에게 대학 입시와 관련된 정보들을 물어보았다. 아들의 카이스트 입학 뒤에는 엄마라는 유능한 매니저가 있었다. 주희는 아들이 초등학교 3학년 때부터 수능 때까지의 계획을 다 짜 놓고 그것에 맞춰 준비했다. 모임에 자주 빠졌던 이유도 아들 뒷바라지 때문이었다. 주희에 비하면 나는 너무 무능하고 무른 엄마다. 다시 조바심이 일기 시작했다.

"명화, 와 저러노?"

말하다 말고 주희가 고갯짓으로 건너편을 가리켰다.

"미안타, 참말 미안타. 니르구이 미안타."

술 취한 명화가 니르구이를 붙잡고 같은 말을 되뇌고 있었다. 왜 그러는지 알 것 같았다. 바타르 대신 온 니르구이를 처음에 냉대했던 게 걸려서다. 니르구이는 그런 줄도 모를 텐데 술이 사소한 감정들을 침소봉대시키고 있다. 안 좋은 징조다.

"왜 그러세요. 누나들 좋은 사람들이에요."

니르구이가 어리둥절한 얼굴로 말했다.

그는 우리를 보자마자 누나라고 불렀다. 니르구이가 처음부터 우리 가이드였다면 붙임성 있는 성격이라 좋다고 했겠지. 우리의 이름을 불러 주었던 청년 바타르가 떠난 자리에 중년 아저씨가 와서는 누나라고 불러 대니 거부감이 들었다. 속절없이 먹은 나이를 인정하고 싶지 않아서였을 것이다. 나는 술에 취한 애들이 추태를 부려 다인이에게 망신 살까 봐 신경 쓰였다.

"가시나야, 뭘 자꾸 맨입으로 미안타 카노? 니르구이, 내 술 한잔 받그라."

정선이가 넘어지듯이 니르구이 옆에 앉더니 컵을 건넸다. 정선이는 맥주가 싱겁다며 몽골 술과 섞어 마시고 있었다.

"걔들, 들여보내야겠다."

나는 자리에서 벌떡 일어났다. 모임에서 나와 가장 친한 명화와 정선이가 쌍으로 주정을 부리는 게 다인이는 물론 주희한테도 창피했다. 자식 교육에는 큰 관심 없는 정선이, 애들을 유학 보낸 명화와는 이제 좀 덜 어울려야겠다. 그때 갑자기 정선이가 소리쳤다.

"니르구이 손꾸락이 없네! 이름도 없고 손꾸락도 없고. 우짠 일이고?"

모두의 시선이 그쪽으로 집중됐다. 니르구이는 불쾌한 기색이라고는 조금도 없이 선선히 대답했다.

"공장에서 사고 났어요."

니르구이가 펴 보인 왼손 중 검지와 장지가 한 마디씩 없었다. 아무리 술김이라지만 예의 없는 정선이가 다인이에게 너무 부끄러웠다.

"한국 공장에서요?"

인경이의 질문에 니르구이가 고개를 끄덕였다.

"보상은 받았나?"

정선이는 술에 취해서도 직업 정신을 발휘했다. 그런데 왜 늘 실적 미달인지 모르겠다.

"아니요. 사장님이 내 잘못이라고 했어요. 손 다쳐서 일할 수 없어서 몽골 돌아왔어요."

그렇게 억울한 일을 이야기하는데도 니르구이의 얼굴은 덤덤했다. 성자가 아니면 모자라는 사람이다. 우리가 한국 사람이니까 그러는 걸 수도 있고.

"그 사장 나쁜 놈이네. 공장 이름이 뭐예요?"

인경이가 호기롭게 외쳤다.

"이제 다 잊었어요. 벌써 이 년 됐어요."

니르구이가 웃으며 말했다.

"한국이 싫겠다. 우리가 괜히 미안해지네요."

금란이가 드물게 입을 열었다. 원래도 말수가 적긴 했지만 여행 와서는 더 조용해 다인이가 그림자 아줌마라고 부를 정도였다.

"안 싫어요. 다시 가고 싶어요."

니르구이가 손사래를 쳤다.

"왜요? 아저씨한테 못되게 굴었는데 왜 안 싫어요?"

다인이가 불쑥 끼어들어 물었다. 잔머리를 굴릴 때의 약삭빠름은 어디로 갔는지 세상 물정 모르는 순진한 얼굴이었다. 저런 얼굴로 세상 속에 혼자 남겨진 모습이 떠올랐다. 또 다시 조바심이 일었다. 니르구이가 다인이에게 대답했다.

"어디에나 나쁜 사람, 좋은 사람 있어. 몽골에도 좋은 사람, 나쁜 사람 다 있어. 난 좋은 사람, 좋은 일만 생각해."

다인이가 이해했다는 듯이 고개를 끄덕였다. 지나치게 긍정적이거나 낙천적인 사람은 그만큼 자신을 위로하거나 속이고 싶은 일이 많은 삶을 살았기 때문이다. 세상에는 니르구이처럼 힘이 없어서 당하는 사람이 많다는 걸 다인이에게 알려 줘야 한다.

"그런 대우를 받고도 화 안 나요?"

나는 니르구이의 진심을 파헤치고 싶었다.

"화나요. 그렇지만 그 사람 금방 불쌍해져요."

니르구이는 흔들리지 않았다.

"어떻게 그럴 수 있어?"

파고드는 내 태도가 다른 사람들에게는 피해자 니르구이를 위한 공분으로 받아들여지고 있었다.

잠시 침묵했던 니르구이가 대답했다.

"사람은 모두 죽잖아요."

니르구이의 말이 가슴에 턱, 하고 얹혔다. 그 순간 어둠 속에서 정체를 알 수 없는 푸른 섬광이 번쩍하고 빛났다.

초원에서 보내는 마지막 밤이라는 사실에 모두, 한시바삐 사막을 떠나고 싶은 나조차 선뜻 일어서지 못했다. 니르구이와 다와가 숙소로 들어가고 난 뒤에도 친구들은 사위어가는 장작불을 들쑤셔 마지막 불길을 치솟게 했다. 불똥이 유성처럼 꼬리를 그으며 또 다른 땅인 하늘로 사라졌다.

나는 니르구이의 "사람은 모두 죽잖아요."에서 헤어나지 못하고 있었다. 자기 미래 중에서 확신할 수 있는 유일한 건 '죽음'뿐이라는 사실을 모르는 사람은 없다. 나 또한 누구보다 그 사실을 잘 알고 있다. 형인이와 다인이에게 조바심을 내게 하는 정체도 따지고 보면 그것이다. 암 진단을 받기 전에도 나는 때때로 내가 없는 세상의 아이들을 상상하곤 했다. 내가 없어도 남편은 그럭저럭 살아가겠지. 어쩌면 아주 잘 살지 모른다, 내 아버지처럼. 그래서 나는 내 아이들, 특히 맏이인 형인이에게 실수할 기회나 경험해 볼 시간을 줄 수가 없었다. 아이들을 하루라도 빨리 삶의 안정권 위에 올려놓아야 한다는 생각이 강박처럼 따라다녔다.

그렇기에 본질은 같지만 의미는 다른 니르구이의 말에 동의할 수 없었다. 사람은 모두 죽으니 너그러운 마음을 가지라고? 욕심으로부터 자유로워지라고? 욕망으로부터 초연해지라고? 아무것도 없는 이 사막에서는 그런 생각이 마음을 편하게 할 수도 있겠지. 하지만 모두 죽는다고 해서 죽음의 의미까지 같은 건 아니다. 지구에 사는 70억의 사람들은 70억 가지의 죽음을 맞이할 테고 그 죽음 또한 살았던 삶으로 정해지는 것이다. 그 삶에는 인간의 의지로는 어쩔 수 없는 운명까지도 포함된다.

그때 춘희의 목소리가 들려왔다.

"내 느그들한테 할 말 있다."

어둠 속에서 담뱃불이 빨갛게 빛났다. 그동안 다인이 보는 데선 자제를 하더니 못 참겠는 모양이다. 나는 당장 자리를 뜨고 싶은 마음을 꾹 눌렀다.

"미안한데 내일 느그들하고는 달란자가드에서 헤어져야 할 것 같다."

뜻밖의 말에 술 취한 친구들까지 정신이 든 듯했다.

"며칠 더 사막에 있다 갈라꼬. 계속 고민하다가 지금 결정했다. 느그들하고 끝까지 같이 가야 하는데 미안타. 대신 니르구이한테 얘기 잘 해 놓을게."

"여 더 있는다꼬? 이만큼 봤으면 됐지 사막에 뭐 볼 기 더 있다꼬?"

"또 여행 책 쓸라고?"

주희와 인경이가 연달아 물었다.

"그건 아니고. 이대로 갈라 카니까 공연장 가서 막 열리는 것만 보고 일어서는 기분인 기라. 호텔 같은 게르에서만 지내다 보니까 고비 속살을 봤다는 느낌이 영 안 난다카이."

전기도 안 들어오고 공동 화장실과 샤워장을 써야 하는 게르에서 지낸 것으론 고생한 기분이 안 난다는 말인가 보다. 떠나올 때는 전혀 계획에 없던 일인데 분위기에 취해 즉흥적으로 결정한 게 분명하다. 제 삶을 고난으로 끌고 가지 못해 조급증을 내는 것, 그게 다 소설을 써서 그렇다. 문학이란 늪에서 발을 뺀 건 내가 태어나서 한 일 중 가장 잘한 일이다. 내게 늘 그 사실을 일깨워 주는 춘희는, 좋은 친구다.

"멋있다!"

춘희에게 시선이 붙박인 다인이가 감탄사처럼 내뱉었다. 음악 방송에 나오는 야누스를 볼 때와 비슷한 표정이었다. 이해는 갔다. 저 나이 때에는 안정적이고 평범한 것보다 충동성과 즉흥성에 더 매혹당하는 법이니까. 하지만 내가 다인이에게 용인할 수 있는 범위는 연예인을 좋아하거나 가이드에게 일시적으로 마음을 뺏기는 일 정도다. 담배를 꼬나물고 사막의 속살 운운하는 춘희는 지금 다인이를 홀리고 있다. 춘희와 함께하는 여행에 사춘기 아이를 데려오는 게 아니었다. 암 선고를 받고 감정적으로 굴었던 걸 인정한다.

"딸내미는 우짜고? 고3 여름방학 때가 최고로 힘들 땐데 옆에 있어 줘야 안 하나."

주희가, 엄마의 본분은 잊은 채 작가 생활에 도취돼 있는 춘희를 일깨웠다.

"뭐 꼭 옆에 있어야만 힘이 되나? 지 엄마가 얼마나 행복한 시간을 보내는지 알면 그게 진짜 힘이 되는 기제. 엄마가 그동안 밥은 해 주시기로 했다."

여행 이야기가 나온 건 오래전이었지만 재작년과 작년엔 인경이와 주희가 고3 엄마라서, 올해는 춘희 딸, 내년엔 금란이 아들과 형인이가 고3이라서 뒤로 미루었다. 그런데 올해, 춘희가 자기는 괜찮다고 해서 이번 여행에 올 수 있었다. 입시생 딸을 두고 여행 와서 자기 행복 운운하고, 그게 또 자식에게 힘이 될 거라고 우기는 춘희는 이기적이고 무책임한 엄마다. 자리가 파하면 다인이에게 그 점을 일깨워 줘야겠다.

갑자기 정선이가 박수를 짝짝짝 쳤다.

"우리 윤서영이 멋지다! 대단하다! 우리 대신 구경 많이 하고 온나."

춘희는 칭찬이 싫지 않은 얼굴이다. 춘희가 우리와 어울리는 이유는 어쩌면 이런 환호가 필요해서인지도 모른다. 우리 모임은 자기보다 쟁쟁한 작가들이 많은 문단에서는 받지 못하는 주목과 부러움의 눈길을 넘치게 받을 수 있는 곳이다.

"춘희야, 우짜면 그래 하고 싶은 대로 하면서 살 수 있나? 작가는 그래 해야 되는 기가?"

주희가 물었다. 몇 년 단위로 계획을 세워 놓고 사는 주희로서는 춘희가 정말 이해되지 않고 한심해 보이겠지.

"작가라 그런 게 아니라 내가 원래 이렇게 생겨 먹었다. 어떤 삶을 살아가는가는 결국 자기 선택 아니겠나. 내는 뭘 이루기 위해서 사는 것보다 지금 뭔가 하는 기 더 가치 있다고 생각한다. 이래서 몬 하고 저래서 몬 하는 핑계도 결국은 다 자기가 만드는 기라."

춘희가 웃으며 대답했다.

"그래. 춘희가 원래 저래 생겨 먹은 기는 맞다. 느그들 춘희 3학년 때 한 달인가 무단결석해가 퇴학 맞을 뻔했던 거 기억 안 나나? 그때도 여행 다니다 왔다 캤잖아."

정선이가 옛 기억을 끄집어냈다. 엄마의 미인계 덕에 정학으로 그쳤다고 소문났던 춘희의 무단결석 사건이 생각났다. 나는 춘희의 무모하고 충동적인 기질을 멋진 것인 양 포장하는 분위기 속에 다인이를 계속 놔두고 싶지 않았다. 게르로 들어가자고 했지만 아이는 싫다고 했다.

"자기 삶은 자기가 선택한다는 건 알지만 사람이 그래 살기가 어디 쉽나? 니 같은 배짱은 어데서 생기는 긴데?"

매사에 진지한 주희는 답을 찾고야 말겠다는 듯이 캐물었다. 나는 그게 치기이고 허세라는 걸 주희가 밝혀내기를 바랐다.

"아까 니르구이가 말하지 않더나. 사람은 모두 죽는다고. 우리 어무이도 어려서부터 내한테 말했다. 사람은 누구나 죽는 기고 죽으면 다 소용 없으니까 하고 싶은 건 다 하면서 살라꼬. 제일 중요한 건 지금 살아 있는 기고 그 삶을 누리는 기라고."

소문의 주인공이었던 춘희 엄마다운 말이다. 내게는 자신을 변명하고 합리화하는 소리로밖에 들리지 않았다. 침묵하고 있는 다른 아이들 생각도 나와 마찬가지일 것이다. 춘희가 내 마음을 읽기라도 한 듯 말을 이어 나갔다.

"느그들 우리 어무이 알잖아."

우리는 그동안 우리끼리 춘희의 소설로 유추해 보기는 했어도 어머니의 근황을 직접 묻거나 들은 적은 없었다. 춘희는 분위기 탓인지, 술기운 탓인지 담담하게 자기 이야기를 했다. 춘희를 알고 지낸 이래 처음 있는 일이었다.

"실은 고3 때 가출했던 기는 어무이한테 반항하느라고 그런 기다. 내는 사춘기가 그제사 왔거든. 어무이가 내한테 맘대로 살라 카는 게 무책임한 기라고 생각했다. 그런 어무이를 괴롭히고 싶더라. 딸이 인생 망친다 카는데도 초연한 얼굴로 그 잘난 인생 철학 지껄일랍니꺼, 하고 말이다. 그래서 어무이 패물 들고 집 나갔다 아이가. 한 달 만에 돌아오니까 우리 어무이, 야단은커녕 그동안 배곯았을 기라고 사골을 한 들통 고더라. 그때 알았다. 우리 어무이는 그렇게 생겨먹은 기고 자기 본성대로 살고 있는 기라는 걸. 내한테는 두 가지 중에서 하나를 선택하는 길밖에 없었다. 어무이를 사랑하든지, 미워하든지."

사랑하든지, 미워하든지. 어둠 속에서 섬광이 또 번쩍였다. 나는 선택할 수 없었다. 엄마를 미워하면서 사랑했다. 그리워하면서도 용서할 수 없었다. 엄마라면 자식이 다 클 때까지 어떻게든 살았어야 했다. 너무 늦은 발견으로 암 선고와 시한부 선고를 동시에 받았다고 해도 끝까지 싸웠어야 했다. 치료비와 남은 가족들의 고생을 핑계로 싸움을 포기해서는 안 되는 거였다.

"니는 그래서 사랑을 선택한 기가?"

금란이가 나지막하게 물었다.

"어무이가 자기 방식대로지만 내를 끔찍하게 사랑하는 걸 알았는데 우예 미워할 수 있겠노. 그런 엄마, 그런 환경에서 태어난 것도 내 운명인 기고. 내는 어무이가 아니라 내 운명을 사랑하기로 했다. 그러고 나니까네 살 마음도 생기더라. 느그들 내가 지독한 니힐리스트였던 거 모르제? 겉으론 열심히 사는 체했지만 실은 컴컴한 동굴 속에 들어앉아 있었던 기라."

인경이보다 춘희가 더 매력적이라고 생각했던 이유를 분명하게 깨달았다. 춘희는 그 나이에 이미 삶 속에 아로새겨진 진실과 비의를 알고 있었던 것이다.

"어무이는 지금 뭐 하시노? 지금도 고우시제?"

주희가 물었다.

"우리 어무이는 여전히 당신 인생 잘 살고 있다. 내한테 새아버지 생긴 거 느그들 모르제? 참, 정선이는 안다."

나는 우리 집에 와서 온갖 푸념을 늘어놓으면서 그 소식은 전해 주지 않은 정선이를 흘겨보았다. 하지만 정선이는 잔뜩 취해 내 눈길 따위는 아랑곳하지도 않았다.

"알다마다. 춘희 새아부지가 어무이 앞으로 연금 보험을 척 들어 줬다 아이가. 그런 멋진 새아부지 생겼으니 윤춘희는 복 터진 기다."

정선이가 큰 소리로 말했다.

"춘희 어무이 얼매나 젊고 예쁜지 아나? 인경이가 저래 주사 맞고 땡기고 해싸도 어무이랑 나가면 자맨 줄 알 기다."

그 말에 폭소가 터졌다. 인경이가 평소에 외모를 가꾸는 데 들이는 비용과 정성을 스스럼없이 밝혔기 때문에 편하게 웃을 수 있었다.

"여기 온 것도 책으로 써라. 우리 이래 노는 사진도 싣고. 니 덕에 우리도 책에 함 나와 보자."

명화는 조르는 아이 표정이 됐다.

"누가 책을 내 준다 캐야 쓰제. 바람의 숨결도 반응이 신통찮아가 출판사 보기 민망타. 나중에 소설로 쓸지는 모르지. 그때 니 얘기 했다고 뭐라 카지나 마라."

춘희가 웃으며 담배 연기를 내뿜었다.

"괘안타. 다 써도 된다. 특히 우리 집 인간 바람피운 기는 실명 고대로 써 줘야 한다. 니 우리 신랑 이름 아나? 박명식이다, 박명식."

명화가 새삼스레 가슴을 탕탕 쳤다.

"그 인간도 언젠가는 죽을 긴데, 고마 니가 인심 한번 크게 써가 용서해 주라. 안 그라면 니만 상한다."

춘희가 달래듯 명화에게 말했다. 나는 명화한테 뭐라고 했던가. 직업도, 할 줄 아는 것도 없이 이혼해서 어떻게 살려고? 그리고 능력 있는 남편이랑 누구 좋으라고 이혼해? 지나가는 바람이니까 꾹 참아, 라고 한 것 같다.

어쨌든 아이 앞에서 하기에는 거북한 내용으로 화제가 흘러가는 게 불편했다. 하지만 다인이는 그 어느 때보다 흥미로운 표정이었다.

"그 책 안 팔리게 생겼다. 바람의 숨결을 보았다가 뭐꼬?

제목부터 벌써 지루하게 생겼다 아이가. 그때 내가 오십 권이나 사서 사인받아 갔잖아. 논술 하는 애들이 졸려서 못 읽겠다 카더라. 내사마 친구 책 팔아 줄라꼬 재미 없는 책 골랐다고 바가지로 욕 묵었다."

인경이가 이미 화제가 바뀐 춘희의 책 이야기를 하며 끼어들었다. 많이 취했다 하더라도 수위가 아슬아슬했다.

"그라면 니가 함 써 봐라."

춘희는 웃음기 띤 얼굴로 말했지만 분위기가 싸해지는 게 느껴졌다. 상대가 인경이었기 때문이다. 글밭 시절, 인경이와 춘희는 나하고 춘희와는 다른 양상으로 라이벌이었다. 뛰어난 용모였지만 글밭에서는 기를 펴지 못했던 인경이는 춘희에게 반감을 갖고 있었다. 춘희 엄마 소문 중 몇 개는 인경이를 통해 퍼진 거였다. 춘희가 합평 시간에 유독 인경이 작품에 독설을 퍼붓는 게 그에 대한 앙갚음이라고들 여겼다. 춘희는 얼굴로 주목받는 인경이가 글밭 활동을 하는 이유는 문학소녀 노릇까지 하고 싶은 허영심 때문이라고 공공연히 말하곤 했다. 그 말은 다른 아이들까지도 인경이를 그렇게 보게 만들었다.

"윤서영 작가님, 독자가 웃자고 한 얘기에 그래 발끈하면 되겠십니꺼?”

인경이가 춘희에게 노골적으로 시비를 걸었다. 글무지개 모임을 시작하면서 문학적 재능이 없었음을 쿨하게 인정한 인경이는 그동안 춘희와 잘 지내 왔다. 잘 지내는 걸 넘어 우리보다 춘희와 더 진한 교감을 나누었다. 춘희의 책이 나오면 우리는 공짜로 받고 말았지만 인경이는 몇십 권씩 사서 지인들에게 돌리거나, 논술 책으로 선정해 판매고를 올려 주곤 했다. 글밭 28기의 쌍두마차가 나와 춘희였다면 글무지개의 투 톱은 춘희와 인경이였다. 나는 그들이 대세임을 인정했고 큰 불만도 없었다. 내가 새롭게 받아들인 경쟁자는 주희였기 때문이다.

춘희는 대꾸 대신 담배를 내던지더니 발로 비벼 껐다. 그 동작에서 인경이를 향한 감정이 느껴졌다. 둘의 신경전을 보는 기분이 묘했다. 솔직히 말하면 인경이가 춘희를 좀 더 도발해 주기를 바랐다. 다인이가 여행 와서 처음에 관심을 가졌던 인물은 예쁘고 스타일 좋은 인경이였다. 옷, 신발, 가방, 액세서리 들을 가지고 나와 비교해 기분이 상한 적도 있지만 위험인물인 춘희에게 빠지는 것보다는 나았다. 나는 두 사람이 치졸하게 싸워 다인이의 환상을 깨 주었으면 했다. 그때 주희가 나서서 인경이에게 말했다.

"니는 웃자고 했어도 듣는 사람이 불쾌하면 농담이 아닌 기다. 사과해라."

이런 상황에서 잘잘못을 따져 어느 한쪽 편을 드는 건 위험한 짓인데 성격이 곧이곧대로인 주희는 인경이를 나무랐다. 아니나 다를까 인경이의 손가락이 주희를 향했다.

"신주희 니, 아들 대학 잘 보냈다꼬 내도 가르치는 기가?"

평소에도 주희의 옳은 말은 종종 대상이 된 사람의 감정을 상하게 하곤 했다. 그 점은 우리도 인정하는 부분이지만 자식까지 들먹인 건 인경이가 선을 넘은 거다. 그 때문에 춘희에게 한 말도 단순 술주정이 아닌 게 됐다. 콤플렉스를 스스럼없이 인정하는 태도는 미모라는 강력한 무기 아래서는 약점마저 인간미로 보인다는 자신감에서 비롯된 것이다. 하지만 여기는 미모가 아무런 힘을 발휘하지 못하는 글무지개 모임이다. 아무튼 인경이는 글밭 시절의 해묵은 열등감과 공부 못하는 딸로 인한 근래의 열등감을 드러내면서 우리의 마지막 밤을 끝내고 있었다.

"야가 뭐라카는 기고? 금란아, 이 가시나 더 하기 전에 델꼬 가자. 우리 먼저 들어간데이."

주희는 시시비비를 가리기보다 이 상황을 중단시키는 게 더 급하다고 판단했는지 금란이와 함께 뻗대는 인경이를 끌고 어둠 속으로 사라졌다.

"저 가시나, 아직도 내한테 감정 있나 보네."

춘희가 새 담배에 불을 붙이며 씁쓸한 어조로 말했다.

"감정은 무슨. 술 취해서 그러는 긴데 마음에 담아 두지 마라. 그동안 잘 지냈잖아."

나는 인경이와 춘희가 치졸하게 싸우기를 바랐던 것과 달리 이쯤에서 끝난 게 다행이다 싶어 말했다.

그때 명화가 다가와 다인이의 어깨를 끌어안았다.

"다인아, 이런 꼴 보여서 미안타. 아줌마가 대신 사과할게. 미안하데이."

오늘 밤 사과의 아이콘이 된 명화의 말도 주정과 별반 다르지 않았다. 그 옆에서는 정선이가 몸을 흔들며 무슨 말인가 계속 중얼거리고 있었다. 나는 벌떡 일어섰다.

"다인아, 그만 들어가자."

"아줌마들 두고 가도 돼?"

다인이가 명화와 정선이를 바라보며 물었다.

"불 다 꺼지는 거 보고 아줌마가 데리고 들어갈 기다. 니는 걱정 말고 잘 자그라."

춘희가 다인이에게 말했다.

나는 다인이와 함께 모닥불가를 떠났다. 어둠은 겹겹이 쳐진 장막 같아서 한 발 내딛을 때마다 새로운 어둠 속으로 들어가는 것 같았다. 희부연 모습을 드러내고 있는 게르가 우리를 이끌어 주는 등대였다.

"넘어질라. 앞 잘 봐."

손전등으로 앞을 비추며 나는 자꾸 뒤를 돌아다보는 다인이를 나무랐다.

"뭐 빼놓고 온 거 같아서 그래. 맞아, 담요. 잠깐만."

다인이가 다시 모닥불가로 뛰어갔다. 손전등으로 다인이 쪽을 비추고 있는데 그 너머의 어둠 속에서 푸른 섬광이 또 다시 번쩍였다. 손전등이나 모닥불의 불빛은 분명 아니었고 이 사막에 반딧불이가 있을 리도 없다. 퍼뜩 고비 사막에 늑대가 있다던 다인이 말이 생각났다. 설마? 손전등을 이리저리 비춰 보았지만 불빛 너머의 어둠을 더 짙게 해 줄 뿐 그 안에 숨은 것을 찾아내지는 못했다. 푸른 섬광도 더는 보이지 않았다. 별똥별이었던 모양이다. 늑대라니, 할 일이 없으니까 어릴 때 주특기였던 망상이 기승을 부리고 있다. 그때

검은 그림자가 내게 덥석 달려들었다. 소스라치게 놀란 나는 엉덩방아를 찧으며 주저앉았다.

"왜 그래, 엄마?"

다인이의 놀란 목소리가 들려왔다. 검은 그림자는 담요를 가지고 되돌아온 다인이었다. 나는 발에 무언가 걸려 넘어졌다고 둘러대며 일어섰다. 다인이가 내 곁에 딱 붙어 서며 팔짱을 끼었다. 한결 든든했다.

"야들아, 별 봐라. 오늘도 하늘에서 거인이 모닥불 억수로 피우는갑다."

등 뒤에서 정선이의 목소리가 들려왔다.

늑대의 밤

게르로 돌아와 손전등을 켜 놓곤 저녁때 싸 놓은 가방을 다시 점검했다. 다인이는 춥다며 침대 속으로 파고들었다. 나는 초원의 마지막 밤이 이번 여행의 실질적인 마무리라고 생각했다. 아직 공룡 화석지와 울란바토르 관광이 남아 있지만 주된 여행지였던 고비 사막의 마지막 밤을 대단원으로 삼는 게 맞았다. 다인이의 기억에도 오랫동안 남을 근사한 장면으로 장식하길 바랐는데 친구들의 추태만 보이고 말았다. 어쨌든 끝나서 다행이다.

“서영 아줌마, 쫌 멋있는 거 같아. 쩌리 작간 줄 알았는데 아닌가 봐.”

잠잠하던 다인이가 불쑥 말했다. 공교롭게 그 순간 뚜껑을 놓치는 바람에 가방이 탁, 하고 닫혔다. 춘희에 대한 다인이의 환상을 더는 내버려둘 수 없다. 나는 침대에 걸터앉아 다인이를 보았다.

“뭐가 멋있어? 담배나 피우고 충동적으로 행동하는 게 멋있는 거야? 다인아, 있지…….”

잘못된 생각을 바로잡아 주려는데 다인이가 내 말을 툭 잘랐다.

“엄마, 꼰대 같은 말 좀 하지 마. 담배 피우는 게 어때서? 술이나 게임하고 다를 게 뭐야? 아아, 내가 담배 피운다는 건 아니니까 그런 눈으로 보지 말고. 암튼 서영 아줌마는 책을 봐도 그렇고 진짜 자유로운 영혼 같아. 작가라 다른 건가. 집에 아줌마 소설책 있지? 그것도 좀 읽어 봐야겠다.”

나는 춘희에게 푹 빠져 대놓고 편을 드는 다인이가 못마땅했다.

"자유로운 영혼? 걸핏하면 애 내팽개치고 혼자 여행 가는 게 자유로운 영혼이야?"

나도 모르게 목소리가 높아졌다. 다인이가 피식 웃으며 대꾸했다.

"그건 내팽개친 게 아니고 믿는 거지. 엄마는 죽어도 그렇게 못할걸."

다인이가 나를 등지고 돌아누워 그동안 찍은 사진들을 보기 시작했다.

나는 다인이를 노려보다 침대에 누우며 손전등을 껐다. 순간, 초원의 어둠이 게르 안을 덮치는 것 같아 얼른 다시 켰다. 그 불빛에 게르의 흰 벽면이 드러났고, 어떤 그림자가 얼핏 스친 듯했다. 게르 안이 아니라 밖에서 비치는 그림자 같았다. 그건 시뻘건 아가리를 쩍 벌린 채 게르 옆까지 온 늑대 그림자였다.

다섯째 날

아침, 출발

사흘 밤을 잔 게르를 떠난다. 첫날 우리를 맞아 주었던 직원 중 한 명이 다시 전통 의상 차림으로 차바퀴에 아이락을 뿌려 주었다. 안전 운행과 복을 기원하는 것이라고 했다. 늑대의 푸른 안광이 잠자리를 어지럽혀 불면의 밤을 보낸 내게는 사막을 떠나는 것만으로도 축복이었다.

차에 오르기 전, 지난밤 모닥불을 피웠던 자리를 바라보았다. 숯과 재와 쓰레기들이 우리의 마지막 밤을 상징하듯 남아 있었다. 어디에도 늑대가 숨어들 만한 곳은 없었다. 혹시나 싶어 캠프의 개를 찾아보니 흐리멍덩한 눈으로 그늘에 널브러져 있었다. 그런 개가 밤이 된다고 해서 늑대로 변할 것 같지는 않았다.

더 생각하기 싫어 늑대가 스며들었던 곳은 사막이 아니라 내 마음속이었다고 결론을 내렸다. 게르를, 사막을 떠나면 늑대도 더는 날 위협하지 못할 것이다. 위협은커녕 자취도 없이 사라져 버릴 게 분명하다. 나는 9시도 안 됐는데 벌써 한낮 같은 열기로 가득한 차에 기쁜 마음으로 올라탔다.

금란이한테 전말을 들었는지 인경이가 춘희와 주희에게 사과를 했다. 우리에게도 분위기 망쳐서 미안하다며 용서를 구했다. 남은 여행에 안 좋은 영향을 미칠까 봐 걱정됐던 지난밤의 해프닝은 그렇게 마무리되었다.

차는 고비에서의 마지막 코스인 공룡 화석 발굴지로 출발했다. 그곳에 들른 다음 달란자가드로 가서 비행기를 타고 울란바토르로 향한다. 비행기는 올 때처럼 단숨에 우리를 도시로 데려다줄 것이다. 캠프파이어를 하면서 니르구이와 한결 가까워진 데다 싸운 뒤에 배가하기 마련인 서로에 대한 배려와 이해 덕분에 차 안은 다시, 아니, 바타르와 함께하던 때보다 분위기가 훨씬 더 좋아졌다.

가다가 마을을 만났다. 주유기가 하나뿐인 주유소와 판자로 지은 집, 게르가 몇 채뿐인 작은 동네였다. 고비 사막에 들어온 후 마을을 처음 보는 터라 반갑고 신기했다. 동네 사람들에겐 우리가 신기한 존재인지 다들 몰려나와 구경했다. 고비에 와서 이렇게 많은 몽골 사람들을 한꺼번에 보는 것도 처음이었다.

니르구이가 다와와 함께 차에 기름을 넣는 동안 우리는 조그만 가게에서 유제품 맛이 강하게 나는 몽골 아이스크림을 사 먹었다.

"바타르랑 아이스크림 내기 했는데 울란바토르 가도 못 보겠네."

정선이가 말했다. 바타르가 떠난 뒤 우리는 그를 화제에 올리지 않았다. 바타르를 기억하면 어쩔 수 없이 따라 떠오르는 각자의 마음, 행동들을 되새기기 싫어서였을 것이다. 하지만 그 또한 부자연스러운 일이다. 정선이가 봉인을 푼 덕분에 우리는 자연스레 바타르 이야기를 하기 시작했다.

"울란바토르 가면 밥 한번 먹어야 하지 않겠나."

"그카자. 우리 땜에 다쳤다 아이가."

"그건 아이다. 지가 말을 잘 못 타서 다친 기지, 와 우리 때문이고?"

"맞다. 바타르한테 그만하면 잘해 줬다."

"니르구이 보니까네 바타르, 그노마 좀 뺀질하니 그랬다."

"그럼 스물세 살짜리한테 뭘 더 바라노? 우리 아들들 스물세 살 되면 그만이나 할 것 같나?"

"그건 그렇다. 니르구이는 세상 경험을 해가 그런지, 나이가 있어서 그런지 듬직하니 진국이다."

그때 주유를 마친 니르구이가 다가왔다.

"누나들, 내 흉봤어요?"

니르구이가 자기 이름을 들었는지 싱글거리며 물었다.

"그래. 진국이라고 흉봤다."

"그거 무슨 얘기예요? 나, 국 아니에요."

니르구이 대꾸에 너 나 할 것 없이 웃음보를 터뜨렸다.

"울란바토르 가면 바타르 식사 한번 초대하고 싶은데 시간 되는가 알아봐 주이소."

주희가 니르구이에게 말했다.

"그럴 수 없어요. 오늘 아침 전화했는데 바타르는 발 많이 다쳐서 세 주일 못 걸어요."

몽골 휴대폰을 가지고 있는 니르구이가 대꾸했다.

"삼 주씩이나? 바타르랑 직접 통화했나?"

정선이가 물었다.

"직접 통화 아니고요. 여행사 사장님이 말했어요."

3주나 꼼짝 못 하다니. 우리 가이드를 하다 그렇게 된 거라 마음이 편치 않았다. 우리는 울란바토르에서 선물을 사 니르구이 편에 보내 주자고 의견을 모았다.

"그럼 울란바토르에 가도 계속 니르구이 아저씨가 가이드 하겠네."

다인이가 혼잣말처럼 중얼거렸다. 다인이는 울란바토르에서 바타르와 재회하기를 기대한 모양이다. 하지만 나는 바타르를 다시 보고 싶지 않았다. 남은 시간은 평범한 여행자처럼 관광을 즐기며 일상성을 회복한 다음 집으로 돌아가고 싶었다.

낮, 백악기

험한 길을 달리던 차는 공룡 화석 발굴 지역으로 접어들었다.

"여기서 백악기 공룡 알 화석들 많이 발견했어요. 공룡이 싸우는 모습 그대로 찾아서 외국에서 학자들 많이 많이 왔어요. 한국도 연구하려고 공룡 화석 많이 가져갔어요."

니르구이가 설명했다.

"백악기가 언제 때고?"

"그거는, 일 억…… 사천오백만 년 전에서…… 육천오백만 년 전이에요."

니르구이가 수첩을 들여다보며 떠듬떠듬 읽었다. 얼마큼인지 가늠조차 되지 않는 숫자를 듣자 그만큼 비현실적인 공간에 들어서는 기분이 됐다.

"다와가 고비 사람들 여기에서 공룡 알 화석 많이 찾았대요. 누나들도 열심히 하면 찾을 수 있어요."

니르구이가 웃으며 알려 주었다. 우리의 현실감을 일깨워 준 건 니르구이의 말이 아니라 뜨거운 날씨였다.

"공룡 알이고 뭐고 뜨거워서 나가기도 싫다."

"와 이래 덥노. 에어컨 바람 쪼매만 쐬면 원이 없겠다."

"니르구이가 우리를 구이로 만들라는 갑다."

모두 시뻘겋게 익은 얼굴로 헉헉거렸다. 땡볕에 나갈 일이 겁났지만 차 안도 숨 막히기는 마찬가지였다. 우리는 스타일이고 멋이고 상관없이 해를 가릴 만한 것이면 무엇이든지 뒤집어쓴 다음 차에서 내렸다. 밖엔 다행히 바람이 불어 뜨겁기만 하지는 않았다. 모두 서로의 행색을 보며 웃어 댔다.

“이러고 낙타 타면 그대로 아랍 상인인 기라.”

“그라면 다음번엔 실크 로드 한번 도전해 보까?”

“좋다. 내는 춘희 니가 가자고 하면 지구 밖이라도 갈 기다. 그럴라 카면 열심히 돈 벌어야겠네.”

이번 여행에서 제일 신난 사람은 정선이다. 혹시 여행 갈 때마다 바타르 같은 가이드가 있을 거라고 생각하는 건 아니겠지. 그게 아니면 부자 새아버지가 생긴 춘희한테 잘 보여서 실적을 올리려고 그러거나.

“엄마, 엄마도 또 갈 거야?”

다인이가 반짝거리는 눈으로 물었다. 표정에 자기도 또 따라가겠다는 의지가 확고하게 담겨 있었다. 실크 로드? 말이 좋아 비단길이지 고비 사막 못지않게 힘들고 불편할 게 뻔하다. 친구들하고 여행은 또 가겠지만 춘희 의견대로만 하지는 않을 거다. 그리고 그 여행에 다인이를 데리고 가는 일도 절대 없을 것이다.

“오빠 입시 끝나면 유럽 가자.”

싱가포르 정도를 염두에 두고 있었는데 춘희의 실크 로드를 단숨에 누르고 싶은 마음에 그렇게 말해 버렸다. 다인이 눈이 휘둥그레졌다.

"정말? 돈 있어?"

"그때 적금 타는 거 있어."

나는 당당하게 말했다.

"진짜? 엄마, 사랑해!"

다인이가 호들갑스레 나를 끌어안았다. 아이고, 저래가 딸이 있어야 하는 기라, 딸 없는 사람 눈물 나서 살겠나 등등의 소리가 배경 음악으로 들려왔다. 춘희가 아무리 멋있어 보여도 실질적으로 널 위해 뭘 해 주는 사람은 엄마라고. 나는 의기양양해졌다. 그런데 다인이가 갑자기 내게서 떨어지더니 미심쩍은 눈초리로 살피며 물었다.

"그런데 오빠, 엄마가 원하는 학교 안 돼도 가는 거지?"

그런 일은 상상하기도 싫다.

"기분 좋게 여행 가려면 재수 없는 소리 하지 말고 오빠 잘되기만 빌어."

나는 생각 없이 한 다인이 말에 의미를 두지 않으려고 애썼다.

거무죽죽한 바위로 이루어진 산과 계곡, 드문드문 보이는 관목과 야생화들이 초원과는 다른 느낌을 주었다. 땅 색과 비슷한 도마뱀도 심심찮게 보였다. 색다른 분위기에 모두 사진 찍기 바빴다.

기운이 뻗치는지 계곡 건너편 바위산 꼭대기까지 올라간 춘희와 정선이가 환호성을 지르며 다들 오라고 성화였다. 귀찮다며 그냥 있겠다는 다인이와 명화를 남겨 두고 경사가 심한 비탈을 내려갔다. 곧바로 후회하면서 험하고 가파른 돌투성이 오르막을 올라 정상에 서는 순간, 우리 입에서도 감탄사가 터져 나왔다. 다인이가 못 보는 게 안타까워 부지런히 사진을 찍었다. 고비에 와서 지겹도록 보아 온 풍경이지만 바라보는 위치가 바뀌어서인지 다른 세상 같았다.

두 눈에 다 담을 수 없을 만큼 광막한 황무지 위에 그보다 더 넓은 하늘의 구름이 그림자를 만들었다. 영화에서 본 공룡들이 하늘과 들판을 날아다니고 뛰어다녔다. 시간과 공간이 무한히 확장되는 그 풍경 안에 나를 들여놓자 개미처럼 흔적도 보이지 않았다.

갑자기 건너편 언덕에서 다인이의 비명과 함께 호들갑스러운 명화 목소리가 들려왔다. 깜짝 놀라 바라보니 둘 다 팔을 마구 휘저으며 소리를 지르는데 뭐라는 건지 알 수 없었다. 순간, 다인이가 독이 있는 벌레나 뱀에게 물렸을지도 모른다는 생각이 들었다. 니르구이가 먼저 비탈을 뛰어 내려

갔다. 생각만으로도 다리에 힘이 풀렸지만, 허겁지겁 미끄러지고 구르며 다인이한테로 갔다. 나머지 사람들도 앞서거니 뒤서거니 따라왔다. 가까이 가자 다인이가 팔짝팔짝 뛰며 소리쳤다.

"엄마, 공룡 알이야! 공룡 알 찾았어!"

가슴을 쓸어내리며 다가간 내게 다인이는 반으로 갈라진 타조알만 한 돌덩이를 내밀었다.

"엄마, 엄마, 이것 봐! 여기 달걀노른자 같은 거 보이지? 맞지?"

쪼개진 타원형 돌 단면엔 정말 달걀을 반으로 잘랐을 때와 같은 모양이 뚜렷하게 나 있었다.

"참말로 공룡 알 화석인가 보네! 이걸 어데서 찾았노?"

주희가 놀란 목소리로 물었다.

나는 다인이가 공룡 알 화석을 발견했다는 사실이 보면서도 믿기지 않았다. 길에서 주운 복권이 당첨됐다는 게 차라리 현실적이지 억만 년 전에 살았던 공룡이 낳은 알 화석이라니. 그 시대에 불시착한 듯 얼떨떨했다. 다인이는 여행 온 이래 가장 신난 모습으로 화석을 발견한 장소로 우리를 데리고 갔다. 그러곤 허리쯤 오는 울퉁불퉁한 바위를 가리키며 들뜬 목소리로 말했다.

"니르구이 아저씨가 우리도 화석 찾을 수 있다고 했잖아요. 그래서 정말 화석이 있나 살펴보는데 여기에 이렇게 동그란 게 튀어나와 있는 거예요. 뭐지, 하고 돌로 깨 보니까 가운데에 달걀노른자 같은 게 있는 거예요. 그래서 박혀 있던 나머지 돌도 캐냈어요."

다인이는 유물을 발굴한 고고학자처럼 감격한 표정이었다. 화석을 살펴본 다와가 공룡 알임을 인정했다. 어렸을 때 자기네 집에도 여러 개 있었기 때문에 잘 안다고 했다.

"괜히 부쉈네. 아깝다."

다와의 말을 들은 다인이가 아쉬워했다.

"아까울 거 없다. 안 쪼개 봤으면 그게 공룡 알인지 돌덩인지 우예 알았겠노. 참말 눈이 보배다. 집에 가져가서 기념으로 잘 모셔 놓그라."

정선이가 명쾌하게 말했다.

"다인이 땡잡았네. 공룡 알인데 얼매나 비싸겠노."

"반쪽만 안 났어도 더 비쌀 긴데."

"숙희 니, 딸 덕분에 횡재했다."

느닷없는 행운에 얼떨떨해 있던 나는 '횡재'라는 말에 정신이 번쩍 들었다. 어디선가 횡재나 횡액의 '횡(橫)' 자가 같은 글자이며 로또 당첨 같은 횡재는 곧 횡액이 될 수 있다는 이야기를 들은 적이 있다. 횡재라는 공룡 알 화석이 입시를 앞둔 형인이의 운을 가로채면 어쩌지. 공룡 알 화석이 아무리 귀하고 비싸다고 해도 형인이의 미래와는 바꿀 수 없다. 그때 니르구이가 정부로부터 허가받지 않은 공룡 알 화석은 국외 반출이 금지돼 있어 가져가더라도 공항 검색대에서 걸릴 거라고 했다.

"걸리면 어떻게 돼요?"

다인이가 바람이 푸르르 빠져나가는 풍선 같은 얼굴로 물었다.

"그건 잘 모르겠어."

"그럼 왜 찾아보라고 했어요?"

다인이가 울상을 지으며 니르구이에게 항의했다.

"진짜 찾을지 몰랐어."

니르구이가 머리를 긁적이며 대꾸했다.

여기저기서 공항에서의 경험을 이야기했다. 공룡 알 화석과 같은 경우는 없었지만 몽골 공항 시스템이 우리보다 뒤처져도 그렇게 호락호락하지는 않을 거란 결론은 같았다.

오히려 벌금을 왕창 씌울지 모른다는 이야기까지 나왔다. 나는 오히려 잘됐다는 생각이 들었다.

"마음 접어. 걸려서 공룡 알 뺏기고 벌금까지 내면 더 속상하잖아. 대신 사진 많이 찍어 줄게."

나는 다인이가 공룡 알 화석을 들고 있는 장면을 수십 장은 찍었다. 사진이 공룡 알 화석을 발견한 증거가 돼 줄 테니 그거면 족하다.

"사진만 갖고는 애들이 안 믿는단 말이야. 아, 공룡 알 가져가고 싶은데. 아, 진짜 아깝다."

다인이는 사진 찍는 내내 안타까워 죽으려고 했다. 우리 모녀가 공룡 알을 함께 받들고 선 모습을 찍어 주며 춘희가 말했다.

"다인아, 너무 아쉬워하지 마라. 니가 공룡 알 발견한 거 우리가 다 봤다 아이가. 그라고 역사적으로 보면 소유보다 발견이 인류와 역사 발전에 더 큰 역할을 했다. 정다인, 훌륭하다!"

춘희가 엄지손가락을 들어 보였다. 비로소 다인이의 얼굴에서 서운한 빛이 엷어지며 화석을 발견했을 때의 기쁜 표정이 되살아났다.

사막 속으로

영화 뒤에 붙은 쿠키 영상 같았던 공룡 화석 발굴지 관광으로 고비 사막 일정은 끝났다. 이제 공항으로 가는 일만 남았다. 우리는 좀 늦더라도 달란자가드에 가서 점심을 먹기로 했다. 열기로 펄펄 끓는 사막을 한시바삐 벗어나고 싶어서였다. 그런 마음으로 왔던 길을 되짚어가는 길은 소설 뒤에 붙은 해설처럼 지루했다. 해설은 안 읽으면 되지만 길은 건너뛸 수 없다.

점점 더 높아지는 차 안 온도에 생수도 뜨뜻하게 데워졌다. 견디다 못해 차창을 열면 모래 먼지가 사정없이 들어왔다. 사막에서 지내는 동안 낮에는 게르 안에서 머물다 해가 기울 무렵에만 활동을 했다. 차를 타더라도 이동한 거리가 짧았던 터라 가야 할 길이 얼마나 험하고 더운지 깜빡 잊고 있었다. 처음 같은 설렘이나 호기심도 없이 이런 길을 몇 시간이나 가야 한다는 사실이 끔찍했다.

우리는 오로지 견디기 위해 울란바토르에 가면 먹을 것들을 나열하기 시작했다. 배 속까지 서늘해지는 얼음물, 빙수,

스무디, 냉장고에서 갓 꺼낸 맥주, 시원하고 달콤한 물이 뚝뚝 떨어지는 수박, 그냥 얼음 조각……. 먹을 것들을 생각하다 보니 연달아 다른 것까지 떠올랐다. 휴대폰 통화, 상점이 늘어선 거리, 사람들로 북적거리는 광장, 차량 행렬과 매끄러운 승차감, 문명의 소음, 별빛 대신 전등불이 반짝이는 야경……. 도시의 모든 것들이, 심지어 교통 체증과 매연 냄새까지 그리워지기 시작했다. 이렇게 도시가 좋은데 사막에서 어떻게 며칠을 지낼 수 있었는지 신기할 정도였다.

차 안의 사람들을 들까불며 달리던 차가 멈추었다. 고장 나서 고치는 중인 차 옆이었다. 초원에서는 차를 만나기도 힘든 터라 반가웠는지 니르구이가 쉬었다 가자고 했다. 정신없이 흔들리다 내리니 온몸이 뻐근하고 머릿속도 멍했다.

차 옆에 모여 서 있던 사람들이 우리를 보고 미소를 보냈다. 피부색과 머리카락 색이 각기 다른 여자와 남자 들이었다. 니르구이와 다와는 고장 난 차로 가서 무어라 참견을 하기 시작했고, 우리는 혹시 외국인들이 말이라도 걸어올까 봐 멀찌감치 떨어져 있었다. 그런데 춘희가 그 사람들에게 가더니 한동안 이야기를 하다 잔뜩 흥분한 기색으로 돌아왔다.

"무신 얘기 한 기고?"

"어느 나라 사람들이고?"

주희와 인경이가 동시에 물었다.

"셋은 유럽 사람이고 둘은 미국에서 왔다카이. 그중 한 명은 한국계라카고."

"니, 프리 토킹 되나?"

명화가 눈을 크게 떴다.

"프리 토킹은 무신, 바디 랭귀지로 하는 기지. 얘들아, 우리 여서 헤어져야겠다. 내 저 차에 합류하기로 했다."

춘희가 미안한 표정으로 말했다. 갑작스러운 상황에 침묵이 찾아왔다. 나 역시 기분이 이상해졌다.

"달란자가드 가서 준비할 거 있다고 안 했나?"

금란이가 침묵을 깨고 물었다.

"차편 땜에 갈라 캤던 긴데 저 차에 한 자리 여유가 있다카네. 사실 달란자가드에 가도 이래 자리 얻기 쉽지 않거든."

춘희의 설렘과 흥분이 고스란히 느껴졌다. 과시도 허세도 아닌 진심이었다. 우리가 그렇게 지겨워하며 빠져나온 길에 새로운 기대를 품을 수 있다는 게 놀라웠다.

나는 춘희와의 이별을 듣는 순간 휩싸였던 기분의 실체가 무엇인지 알아차렸다. 그 애가 품고 있는, 내가 이해할 수 없는 미지의 영역에 대한 부러움과 시샘이었다. 그건 가지 않은 길에 대한 회한이기도 했다. 예정보다 빨라진 이별에 다들 심란한 기색이었다. 내 기분도 그래서일 뿐이라고, 나는 비어져 나오려는 감정들을 황급히 눌렀다.

"나 땜에 몽골로 온 긴데 이래 먼저 빠져서 정말 미안타. 니르구이가 끝까지 가이드 잘해 줄 기다. 남은 여행 잘하고, 난중에 한국 가서 밥 살게."

짐을 챙긴 춘희가 말했다. 미안함과 우리를 걱정하는 빛이 가득했다.

"생판 첨 보는 외국인들이랑 가는 니가 더 걱정이제, 우리 걱정은 말그라. 니르구이 잘 따라댕기면 된다 아이가."

주희가 말했다.

"우리 짐에서 필요한 것들 챙겨 주까? 우리는 울란바토르에 가니까 먹을 거 다 가져가라."

명화 말에 모두 법석을 떨며 가방에서 춘희에게 줄 만한 것들을 챙겼다. 라면, 즉석 밥, 초콜릿, 비타민, 마른안주, 사탕, 고추장, 믹스 커피, 나무젓가락, 팩 소주, 상비약 같은 것들이 이 가방 저 가방에서 나왔다. 그렇게 먹어 댔는데도 아직 남은 게 있었다.

"그래 다 담으면 우짜노. 느그들 먹을 것도 남기그라."

춘희가 말렸다. 우리는 얼마 안 가 비행기를 탈 테고 또 두어 시간 뒤엔 울란바토르에 가 있을 테니 걱정 없다.

"저 사람들하고 같이 묵어라. 얻어먹은 게 있으면 더 잘해 줄 기다."

명화가 보따리를 야무지게 싸 주었다.

"가게 차려도 되겠다. 고맙데이, 먹을 때마다 느그들 생각할게."

춘희가 감동받은 얼굴로 말했지만 우정 기부는 그걸로 끝난 게 아니었다.

"가시나야, 자외선이 잔주름 주범인 거 알제? 밥은 굶어도 선크림 꼭 발라야 한다카이."

인경이가 선크림을 건넸다.

"이거, 땀 냄새는 나도 명품이니까 잘 둘러라."

주희가 자기 목에 둘렀던 스카프를 풀어서 건넸다. 춘희가 색이 마음에 든다고 했던 거였다.

"이 바람막이 잠바, 돌돌 말면 부피도 안 나가니까 아침저녁으로 입어라. 그란데 나중에 내한테 꼭 돌려줘야 한다."

정선이가 가방에서 점퍼를 꺼내 주며 말했다.

"한번 줬으면 그만이지 뭘 도로 달라카노? 지금도 낡았구만. 춘희야, 짐 되니까 입다 버리고 온나."

명화 말에 정선이가 펄쩍 뛰었다.

"버리면 안 된다. 고비 사막을 누빈 잠바 아이가. 기념으로 평생 간직할 기다."

"엄마, 우리 담요도 아줌마 드릴까?"

다인이 말에 나는 담요뿐 아니라 새로 사 와서 아직 입지 않은 속옷까지 주었다. 미운 놈 떡 하나 더 주는 그런 마음은 아니었다. 나도 갑작스러운 이별이 허전하고 서운했다.

"내는 줄 건 없고 덕담이나 한마디 해 주꾸마. 우리 대신 멋진 남자 만나서 연애하고 오그라."

한편에 조용히 있어 종종 존재를 잊게 하던 금란이치고는 파격적인 덕담이었다. 민망한 마음에 다인이를 슬쩍 보니 해맑은 표정으로 키득키득 웃고 있었다.

그사이 춘희가 타고 갈 차를 다 고쳤다. 들고 나는 사람들이 있는 달란자가드까지 가서 헤어졌다면 좀 달랐을까. 텅 빈 고비 사막 한가운데서 헤어지려니 다시는 못 만날 것 같은 기분이 들었다. 정선이와 주희는 눈물까지 훔쳤다. 우리는 돌아가면서 춘희를 안고 안전과 건강을 기원했다.

"아프지 말고 잘 다녀온나."

내 말에 춘희가 장난스레 대꾸했다.

"자매님, 서울 가서 보자."

다인이에게는 여행을 끝내고 집에 가면 자기가 찍은 다인이 사진들을 보내 주겠다고 했다. 찍는 줄도 몰랐는데, 춘희가 찍은 다인이 모습이 기대됐다.

"정말요? 감사합니다. 멋진 여행하고 오세요."

다인이 역시 진심으로 서운해하고 있었다. 영영 못 보는 것도 아닌데 아줌마들이 오버한다며 흉볼 줄 알았는데 뜻밖이었다.

춘희를 태운 차가 먼저 모래 먼지를 일으키며 출발했다.

길에서 길을 잃다

춘희네 차가 더 깊은 사막 속으로 사라지는 걸 바라보는 내 심정은 많이 복잡했다. 여행이 끝나기도 전에 함께하던 친구이자 리더가 빠졌다는 불안함, 숭배에 가까운 감정으로 춘희를 대하는 다인에게 드는 걱정과 서운함, 자꾸 친구를 깎아내리려 드는 나 자신에 대한 부끄러움, 그런 모든 감정을 유발했던 인물이 가 버린 시원함 등이 뒤섞인 표정에 친구들은 내가 춘희와의 이별을 가장 슬퍼한다고 여겼다.

우리 차도 다시 출발했다. 다인이가 같이 앉자고 해서 나는 금란이와 자리를 바꿨다. 그러고 보니 차에서 딸과 나란히 앉는 건 처음이었다. 여행 내내 맨 뒷자리는 다인이와 금란이의 지정석이다시피 했다. 나는 다인이가 제 엄마나 시끌벅적한 아줌마들을 조금이라도 피하고 싶어 거기 앉는 거라고 생각했다. 그런데 나한테 같이 앉자고 하는 걸 보면 춘희와의 헤어짐에 마음이 헛헛해진 모양이다. 딸과 붙어 앉으니 어수선하던 마음이 가라앉는 것 같았다.

"든 자리는 몰라도 난 자리는 안다 카더니 맞네."

명화 말에 다인이가 물었다.

"엄마, 아줌마 말이 무슨 뜻이야?"

"춘희가 없어가 억수로 서운타는 소리 아이가."

내 대신 주희가 대답했다.

주희 말을 증명이라도 하듯 춘희가 떠난 차 안 분위기는 눈에 띄게 가라앉았다. 하지만 춘희가 있었더라도 더위와 흔들림에 지쳐 같은 모습이었을 거다. 우리는 각자의 상념에 빠진 채 가도 가도 같은 풍경인 밖을 내다보았다. 그러다 하나둘씩 졸거나 잠이 들었다.

끝없이 달리던 차가 멈춰 섰다. 흔들림이 멈추자 다들 눈을 떴다. 이번엔 지나가는 차도 없었다. 또 고장인가 싶었는데 다인이가 말했다.

"엄마, 우리 길 잃어버린 거 같아. 저 어워, 아까 본 거야."

다인이가 휴대폰을 켜고 어워 사진을 보여 주었다. 어워는 푸른색 천이 감긴 깃발을 꽂아 놓은 돌무더기로 우리나라 성황당 같은 것이다. 돌무더기 주위엔 사람들이 바친 제물들이 있었다.

"이것 봐. 사진에 말머리 뼈 있잖아. 저거랑 똑같지?"

덜컹거리는 차에서 찍어 흔들린 사진이긴 했지만 같은 어워였다. 다인이의 말은 금방 모두에게 전해졌다. 니르구이는 그 사실을 벌써 알고 있었다. 우리가 걱정할까 봐 최대한 말을 아꼈던 것이다. 그동안 니르구이가 앞을 넘겨다보며 다와와 여러 차례 이야기를 나눴지만 몽골말이라 전혀 알아듣지 못했다. 길을 잃었다는 것을 알자 모두 걱정스러운 기색이 역력했다. 나 또한 내비게이션도 이정표도 없는 허허벌판에서 오로지 의지했던 다와의 감이 제 역할을 못 하자 불안해졌다.

"밤도 아닌데 와 길을 잃노?"

주희가 이해할 수 없다는 얼굴을 했다.

"밤에는 별 보고 찾을 수 있는데 낮 되면 길 더 못 찾아요. 그런데 어워 있으면 마을하고 게르 있어요. 사람들한테 물어봐서 길 찾을 수 있으니까 걱정 말아요, 누나들."

니르구이가 우리를 안심시켰지만 시간이 흘러도 다와는 마을도, 게르도, 길도 찾지 못했다. 고비에서 지내는 동안 잊고 있었던 시간 감각을 비행기 탑승 시간이 되찾아 주었다. 누구 할 것 없이 수시로 시계를 들여다보거나 시간을 물었다. 헤매는 시간이 길어지자 비행기를 못 타는 것보다 영원히 사막에서 길을 잃을까 봐 더 걱정됐다.

차멀미 때문에 계속 앞자리에 앉았던 인경이가 갑자기 뒤로 오겠다고 했다. 차가 서고 니르구이가 인경이와 자리를 바꿨다.

"차멀미 하면 우짤라고?"

금란이가 걱정했다.

"몰라. 길 잃어버렸다 카니까 앞에 보이는 들판이 너무 막막하고 무서븐 기라."

인경이 말에 공감이 갔다. 나도 같은 생각을 하고 있었다.

넓이를 가늠할 수 없는 공간에 몽골 사람 둘과 한국 사람 일곱 명이 탄 차 한 대뿐이었다. 공룡 화석 발굴지에서 보았던 풍경이 떠올랐다. 그런 곳에서 보면 우리를 태운 차는 무당벌레만큼의 존재감도 없을 것이다. 이 넓고 넓은 사막에서 무당벌레 한 마리쯤은 눈에 띄지도 않을 테고 사라진다고 해도 아무도 모를 테지. 그동안 사막에서 심심찮게 보아 온 동물 뼈들이 생각났다.

춘희에게 다 털어 줘 먹을 거라곤 미적지근한 물 몇 병밖에 없었다. 그 물마저 바닥이 나자 목이 더 마르고 배도 더 고파졌다. 텅 빈 배 속을 불안함이 채웠다. 차는 우당탕, 털썩, 그르렁, 털털털털……. 불안함을 더하는 온갖 소리를 내며 사막을 달렸다. 차창으론 똑같은 풍경이 이어졌다. 우리는 이리저리 쓰러지고 부딪히며 계속 같은 길을 맴돌고 있는지도 모른다는 두려움을 느꼈다. 나는 나보다 더 무서울 다인이의 손을 찾아 쥐었다. 손바닥이 축축했다.

“저기, 호수 있다!”

인경이가 차창 밖을 가리키며 소리쳤다. 정말 저 멀리 반짝이는 호수가 보였다.

“그러네! 그라면 근처에 사람이 살 기다!”

"니르구이, 맞제? 호수 보이제?"

"이제 길 찾을 수 있는 기가?"

차 안은 환희로 가득 찼다.

"누나들, 저건 쯔리레예요."

니르구이는 그게 제 잘못인 양 풀 죽은 목소리로 말했다.

"저래 생생한데 무슨 찌리레고. 눈 잘 비비고 다시 봐라."

하지만 그 말이 다 끝나기도 전에 신기루는 사라져 버렸다. 우리는 실망했고 기운이 더 떨어졌다.

또다시 똑같은 풍경이 이어졌다. 차 안은 신기루를 보기 전보다 더 무겁게 가라앉아 있었다.

"엄마, 정말 호수야! 게르도 있어!"

다인이가 등받이에 기댔던 몸을 벌떡 일으키며 외쳤다. 모두 다인이가 가리키는 쪽을 보았다.

"진짜 뭐가 보인다!"

정선이가 맞장구를 쳤다. 내 눈에도 어룽거리는 게 보였다.

"어디? 하도 눈이 빠져라 밖을 봤더니 침침해가 안 보인다카이."

명화가 눈을 비비며 말했다.

"암것도 없다. 신기루다."

가라앉은 금란이의 말에 멀리 보이던 것이 사라지며 지평선만 남았다. 다인이가 한숨을 쉬었다.

"이러다 우리도 신기루맨키로 없어지는 거 아이가."

인경이는 울상을 했다.

"가시나야, 그런 소리 마라. 무섭다카이."

주희가 핀잔을 주었지만 인경이 말은 우리 모두의 마음을 대변하는 것이었다. 공포가 점점 심해져 극에 달했을 즈음 이번에는 물웅덩이가 나타났다. 나는 내 눈을 믿지 못해 가만히 있었다.

"이제는 말도 보이네. 이래 사막에서 미쳐 죽는갑다."

명화는 혼잣말처럼 중얼거렸다.

"내도 보인다."

인경이가 시름없는 목소리로 말했다.

"내도. 우리 이래 단체로 미쳐 가는갑다."

정선이가 실실 웃었다. 신기루를 바라보는 다인이의 얼굴에도 웃음이 번지고 있었다. 나는 정신 차리자는 의미로 다인이의 손을 꽉 쥐었다. 그때 니르구이가 외쳤다.

"누나들, 진짜 말이에요! 게르도 있잖아요. 저기 가면 사람 있을 거예요!"

그동안 얼마나 마음고생을 했는지 잔뜩 목멘 소리였다.

"전봇대도 있다!"

주희도 소리쳤다. 떠돌아다니는 말이나 게르보다 땅에 박힌 채 서 있는 전봇대가 더 반갑고 믿음직스러웠다. 전봇대가 있다는 건 전기를 사용하는 마을이 근처에 있다는 표시다. 우리는 살았다는 생각에 서로를 껴안으며 목이 쉬도록 소리를 질렀다. 다와도 기쁜지 빵빵빵 경적을 울렸다.

"누나들, 길 찾았는데 차 부서져서 못 가겠어요."

니르구이가 웃으며 돌아다봤다. 그 말에 우리는 기겁하고는 진정했다.

게르에서 길을 알아낸 니르구이가 점심 먹을 시간은 없지만 비행기는 탈 수 있다고 했다. 우리는 환호성을 질렀다. 비행기만 탈 수 있다면 밥 따위는 영원히 먹지 않아도 될 것 같았다.

다와는 비행기 시간을 맞추기 위해 차의 속력을 높였고 우리는 더 심하게 흔들리며 엉덩방아를 찧었다. 온몸에서부터 시작한 요동은 머릿속과 배 속, 마음까지 뒤흔들어 놓았다. 인경이뿐만 아니라 다 같이 멀미를 하기 시작했다. 결국 나는 중간에 멈춘 차에서 뛰어내려 쓴 물까지 게워 냈다.

집으로 가는 버스

차가 달란자가드 공항에 도착하자 다와와 니르구이가 급하게 내려 준 가방을 낚아채 허겁지겁 건물 안으로 뛰어 들어갔다. 직원들이 모두 나서서 수속을 밟아 주었다. 활주로에 있는 비행기가 마치 막 문이 닫히려는 마지막 지옥 탈출행 구조기 같았다.

지옥만 벗어나도 감지덕지인데 우리가 탄 비행기는 안락하고 쾌적하기까지 했다. 올 때와 다른 비행기 같았다. 잠시 뒤 쓴 물까지 남김없이 비웠던 위 속으로 달콤하고 차가운 음료수가 들어가는 순간 더 바랄 게 없이 행복했다.

"그러고 보니 다와한테 인사도 제대로 못 했네."

정선이가 안타까워했다. 모두 같은 마음이었다. 문득 이번 여행에서 우리는 계속 이별을 하고 있다는 생각이 들었다. 사막과 바타르와 춘희, 다와, 내일은 니르구이, 그리고 우리를 스쳐 간 많은 인연들과…….

달란자가드까지 오는 동안 마음 졸였던 게 허망할 만큼 비행기는 금방 울란바토르에 도착했다. 비행기에서 내리자 첫날에는 허름해 보였던 칭기즈칸 국제공항이 초현대식 건물처럼 여겨졌다. 모두 휴대폰을 꺼내 전원을 켰다. 여기저기서 밀린 문자 알림음이 들려왔다. 가족 대화방에 남편의 '재밌게 지내십니까? 오는 날이 토요일이요, 일요일이요?'라는 메시지가 올라와 있었다. 형인이는 아무 말도 없다. 고비에 가면 휴대폰이 안 될 거라고 말했으면서도 서운했다. 학원 수업 중일 시간이라 연락을 하지는 않았다.

"엄마! 야누스 오빠들 노래, 음원 차트 올킬 했대!"

비행기에서 내리자마자 휴대폰을 들여다보던 다인이가 소리쳤다. 제 오빠가 1등을 했을 때도 저만큼 좋아하지는 않았던 것 같다. 그래도 다인이가 기뻐하니 나도 싫지는 않았다. 엄청난 고난을 함께 겪어 낸 동지 같다고나 할까, 다인이한테 그런 느낌이 들었다.

"느그들 여기 이러고 있으니까 언제 이런 일이 또 있었던 기분 안 드나? 데자뷔 말이다."

정선이가 가방을 기다리며 물었다.

"야가 정신을 고비에다 놓고 왔나? 데자뷔가 아니라 며칠 전에 진짜로 여기 왔었잖아."

인경이가 퉁바리를 주었다.

“그건 아는데 두 번째가 아니라 그냥 다시 첫날로 돌아간 거 맨키로 기분이 이상하다는 말이다. 우리 인생도 이래 다시 시작할 수 있으면 얼마나 좋을까.”

“그때가 암만 그리워도 내는 다시 돌아가기 싫다.”

“그래. 그동안 사느라고 고생고생했는데 그걸 또 겪는단 말이가. 끔찍하다.”

정선이 말에 명화와 주희는 고개를 절레절레 저었다.

“내는 어무이 배 속에서 태어나는 순간부터 싹 다 포맷하고 다시 함 멋지게 살아 보고 싶다. 숙희, 니는 다시 돌아간다면 언제로 가고 싶노?”

정선이의 질문에 툭 떨어진 심장이 툭탁툭탁 뛰기 시작했다. 나는 갑작스러운 신체 반응에 놀라, “안 될 게 뻔한데 뭐 할라꼬 그런 데 신경을 허비하노?” 하고 일축해 버렸다.

공항을 나온 우리는 기다리고 있던 미니버스를 타고 식당부터 갔다. 버스는 시원한 에어컨 바람에 자리도 넉넉했다. 한국 식당은 지옥을 탈출했다고 받는 상인 양 환상적이고 감동적이었다. 우리는 음식이 나오는 순간 말하는 것도 잊고 정신없이 먹어 댔다. 밥과 된장찌개, 김치, 나물 등 새로울 것 없는 음식들이 입안에 들어가는 순간 씹을 새도 없이 사라졌다. 고비에 머무는 내내 제대로 먹지 못했던 다인이는 안 좋아하던 도라지 무침까지 맛있어했다.

"춘희 누나가 누나들 내일 좋은 데 모시라고 했어요. 지금은 아직 밤 되기 멀었으니까 시내 구경하고 호텔로 가요."

더 바랄 게 없는 심정으로 커피를 마시는 우리에게 니르구이가 말했다. 원래 일정은 오늘은 그냥 호텔에 가서 쉬고 내일 울란바토르 관광을 하는 거였는데 계획을 바꿨다고 했다. 고비를 빠져나왔다는 기쁨에 한껏 취한 우리는 모두 찬성했다.

"내일 오전에 테렐지 갈 거예요. 경치 아주 좋고 바위 멋있어서 울란바토르 사람들도 많이 좋아해요."

니르구이 말에 인경이가 사막만 아니면 어디라도 좋다고 했고, 주희는 고비 사막이 너무 끔찍해서 고사리도 싫다고 말해 모두 웃으며 맞장구를 쳤다.

드디어 우리는 그렇게 바라던 도시 관광을 시작했다. 첫 번째는 울란바토르 시내가 전부 내려다보인다는 무슨 기념탑이었다. 하지만 우리는 기념탑 계단을 다 오르기도 전에 사막이 그리워졌다. 그 뒤로 울란바토르의 유적과 유물 들을 보는 내내 우리 입에서는 방금 전까지도 그렇게 지긋지

긋해했던 사막에 대한 추억들이 흘러나왔다. 게르에서 아무 것도 안 했던 것 같은데 이야기가 끝도 없이 이어졌다. 같은 일을 가지고도 각자 기억하거나 해석한 게 달라 이야기는 더욱 풍성해졌다. 시간이 지날수록 고비 사막은 지상 최대의 낙원으로 변해 갔고 그곳에 남은 춘희는 가장 부러운 사람이 됐다.

"이래 여서는 저 생각하고, 저서는 여 생각하니까 내가 성공을 못하는 갑다."

정선이의 자조 섞인 농담에 모두 자기 이야기라며 웃어 댔다.

아무것도 없던 사막에서 돌아온 우리 눈에 인구가 140만 명이나 되는 울란바토르는 너무 복잡하고 덥고 매연이 심한 도시였다. 울란바토르의 후텁지근한 더위와, 잡스러움이 티끌만큼도 섞이지 않은 사막의 더위는 느낌이 달랐다. 우리는 고비 사막을 떠올리며 울란바토르를 견뎠다. 천만 명이 넘게 사는 서울로 돌아가면 그때는 울란바토르를 한적해서 좋았다고 기억할까.

고비 사막에서보다 더 지친 채 몽골 독립의 영웅 이름을 딴 광장을 관광하고 있을 때였다. 말 탄 장군의 동상 앞에서 단체 사진을 찍으려는데 한쪽에 떨어져 심각한 표정으로 전화를 받던 금란이가 울먹이는 얼굴로 다가왔다. 안 좋은 일이 생겼나 싶어 걱정하는데 금란이는 눈물을 훔치며 응모했던 청소년소설이 당선됐음을 밝혔다. 친구의 불행에 한마음으로 동참할 준비가 돼 있던 우리는 느닷없는 등단 소식에 멍해졌다. 그리고 어쩌다 보니 감쪽같이 숨겼던 습작에 대한 원성이 축하보다 더 길어졌다. 제일 친한 인경이가 가장 많이 화를 냈다.

"처음엔 쑥스러워서 얘기 몬 했고 나중엔 계속 떨어지니까 챙피해서 얘기 몬 했다. 이번에도 떨어지면 진짜 포기할라 캤다."

독서 논술 선생을 그만둔 것도 습작을 위해서였다고 했다. 청소년소설로 당선됐다고 하자 다인이가 관심을 보였다.

"아줌마는 아들만 있어서 여자애들 이야기 쓸 때 감이 잘 안 잡히더라. 앞으로 궁금한 거 있으면 물어봐도 되겠나?"

금란이의 물음에 "당연히 되죠!" 하고 외친 다인이가 고개를 갸웃거리며 내게 작은 소리로 말했다.

"그런데 아줌마도 여자애였잖아."

그렇다. 우리도 여자아이였던 적이 있었다. 지난밤까지 선명하게 기억했던 그때가 거인족 시대 일인 것처럼 까마득했다. 갑자기 코끝이 시큰했다.

우리는 금란이의 당선 축하를 위해 근처에 보이는 노천카페로 갔다. 그리고 차양 아래 앉아 얼음 담긴 음료수로 축배를 들었다. 니르구이가 시계를 보더니 울란바토르 최대의 재래시장을 구경하겠는지 물었다. 그늘에 앉아 있으니 햇빛이 더 강렬해 보였고 잊고 있던 피로감이 덮치듯 밀려왔다. 다들 그런지 호텔로 가서 쉬자고 했다. 우리는 글무지개에 또 한 명의 작가가 탄생한 게 분명히 기쁜데도 더 무거워진 걸음으로 노천카페를 떠났다. 나는 상점 쇼윈도에 비친 내 모습을 외면했다.

"엄마, 저 차 우리 동네 가는 버스다!"

다인이가 반색하며 도로 위의 버스를 가리켰다.

정말 낯익은 번호의 버스였다. 울란바토르 시내에는 한글 노선표를 지우지 않은 한국 중고 버스들이 간간이 보였다. 그 버스를 보자 오랫동안 떠돈 유랑자 같은 기분이 들었다. 나는 이제 그만 그 버스를 타고 내가 바친 시간을 자랑스러운 결과로 보여 줄 아들이 있는 집으로 가고 싶었다.

마지막 날

톨강에서

지난밤, 우리는 호텔 방에 모여 금란이의 당선 축하 파티를 하느라 새벽에야 잠들었다. 그런데도 마지막 날이라는 아쉬움이 큰 탓에 아무도 아침 식사 시간을 어기지 않았다. 여행 막바지에 이르자 갈아입을 옷이 없어서인지, 아니면 신경써서 보여 주고 싶은 사람이 없어서인지 다들 후줄근했다.

아침을 먹고 차를 탔다. 울란바토르에서 60킬로미터쯤 떨어진 테렐지는 유네스코에 세계유산으로 등재된 국립 공원이라고 했다. 우리는 그곳이 유명해서라기보다는 도시가 아니라서 기대가 됐다. 어제, 저녁나절 잠깐 관광을 했을 뿐인데도 우리는 벌써 도시를 벗어나고 싶어 안달이었다. 에어컨도 없는 차를 타고 몸에 멍이 들도록 고비의 거친 사막을 달리다가 냉방이 되는 차로 정체된 도로를 가다 서다 하니 너무 싱거웠다. 오프로드 레이서가 관광지에서 코끼리 열차를 타면 이런 기분일까.

테렐지의 잘 가꾸어진 풍경도 마찬가지였다. 산과 초원과 나무, 게르와 방갈로, 말들이 어우러진 모습은 달력 속 풍경처럼 보기 좋았지만 황량한 고비의 초원만큼 마음을 끌어당기지는 못했다.

"저 게르들이랑 초원은 너무 인공적인 냄새가 풍긴다. 안 그렇나?"

"그래. 빤드름한 게 유원지 보는 것 같다. 몽골을 제대로 느낄라 카면 고비 사막에 가야 하는 기라."

"맞는다카이. 고비에 있을 때는 잘 몰랐는데 떠나오니까 우리가 거기서 진짜 쉬었구나, 란 생각이 든다."

"여긴 뭐가 이래 거치적거리는 게 많노. 고비 유목민처럼 살면 욕심 부릴 기도 아등바등 살 기도 없는데 말이다."

테렐지 초원은 울란바토르에 비하면 아주 한적한 편이었다. 하지만 우리는 어느새 기준을 고비로 삼고 있었다. 또한 우리 몸은 4일이 아니라 4년은 살다 온 것처럼 사막의 공간과 시간을 기억하며 그리워하고 있었다.

"고비 사막 또 가고 싶다. 길 잃어버렸을 때 대박 재밌었는데."

다인이가 혼잣말처럼 중얼거렸다. 나는 다인이가 짜증을 덜 부리는 게 도시로 와서라고 생각하고 있었다. 사막에 데려간 걸 두고두고 원망할 줄 알았는데 길 잃어버렸던 것조차 재밌었다고 하니 다행이었다.

우리는 가는 길에 있는 어워에서 내려 소원도 빌고 천 투그릭씩 내고 사냥용 매를 장갑 낀 손등에 올려놓은 채 사진을 찍었다. 기암괴석들을 본 뒤 말을 타는 게 테렐지에서의 관광 코스였다. 하지만 우리는 여느 관광객들과 똑같이 하는 게 시들했다.

"구경이고 뭐고 그냥 저 나무 그늘에서 쉬고 싶다."

주희가 소와 말 들이 풀을 뜯고 있는 강가를 가리켰다. 톨 강은 울란바토르까지 흐른다고 했다.

"소들이 쪼매 다르게 생겨서 그렇지 꼭 우리 어릴 때 시골 같다."

"여기저기 돌아댕길 거 없이 우리 그냥 강물에 발 담그고 쉬다 가면 안 되겠나?"

"그러자. 니르구이, 그래도 되제?"

"그럼요. 누나들 하고 싶은 거 다 할 수 있어요."

니르구이가 선선하게 대답했다. 그 말에 가슴이 뛰었다. 언제 우리가 이렇게 하고 싶은 걸 다 하면서 살았던 적이 있었나.

"엄마, 말 또 안 타고 싶어?"

다인이가 내게 물었다. 고비 들판에서 말을 타던 때의 기분이 생생하게 느껴졌다. 하지만 지금은 강가의 나무 그늘이 더 마음을 끌었다. 마음 가는 대로 하는 것. 여행을 마치기 전 그 호사를 누리고 싶었다.

"우리 강가에서 쉬는 동안 너, 니르구이 아저씨랑 가서 말 탈래?"

나는 다인이에게 물었다. 다인이가 원한다면 니르구이에게 따로 수고비를 주고서라도 그렇게 해 줄 생각이었다.

"아니. 나도 여기가 더 좋아. 엄마가 말 타고 싶을 거 같아서 물어본 거야."

차는 우리를 방목한 소들만이 한가로이 풀을 뜯고 있는 강가에 내려 주었다.

"물도 맑네. 들어가 보자."

가장 먼저 정선이와 주희가 신을 벗은 다음 바지를 걷고 강물로 들어갔다.

“아이고, 시원타! 느그들도 들어와 봐라. 속이 다 시원해지는 거 같다.”

정선이와 주희의 탄성에 마음이 동했다. 다인이더러 같이 들어가자고 하니 고개를 저었다. 나는 운동화를 벗고 바짓단을 접어 올리며 강물에 발을 디밀었다. 맑고 차가운 기운이 다리를 타고 온몸에 퍼졌다.

“참말로 좋네!”

감탄이 흘러나왔다. 내 뒤로 명화와 금란이, 그리고 인경이가 따라 들어왔다. 인경이는 들어오자마자 미끄러지며 물에 빠졌다. 고교 시절 경포대 앞바다에 빠졌던 모습과 겹쳐졌다. 박장대소하던 명화가 물살에 휘청거리다 넘어졌다. 인경이와 명화가 자기네만 빠진 게 억울했는지 우리에게 마구 물을 튀겼다. 피하다 넘어져서, 빠지는 사람에게 붙잡혀서, 자진해서, 잠시 뒤엔 모두 물속에 몸을 담근 채 첨벙거리고 있었다.

명화와 주희가 구경하고 있는 다인이를 끌어당겼다. 물에 빠져 허우적거리다 일어선 다인이는 그동안 겨우 참았다는 듯이 신바람을 냈다. 내게 물을 끼얹는 다인이는 딸이 아니라 어릴 때 함께 놀던 이웃집 미진이 같았다. 까맣게 잊고 있던 친구였다. 나는 우리 집 사정을 누구보다 잘 알고 있는 그 애를 의식적으로 피해 왔다.

미진이와 나는 언제나 동생 하나씩은 달고 나와야지만 놀 수 있었다. 그때는 우리끼리만 놀아 보는 게 소원이었다. 지금 이 순간, 그토록 바라던 그날이 온 것 같았다. 나는 미진이에게 다가가 물보라를 일으키고, 미진이를 끌어안은 채 물속으로 잠수하고, 미진이와 뒤엉켜 물싸움을 했다.

모두 기진맥진할 정도로 웃고, 입술이 파래질 때까지 첨벙거리며 놀았다. 그렇게 순도 백 퍼센트의 웃음은 처음인 것 같았다. 마흔일곱 살이 되도록 이런 웃음이 처음이라는 건 말이 되지 않았다. 내가 기억하지 못하는 것뿐이다. 그런데도 자꾸만 어떤 노래 가사처럼 웃고 있어도 눈물이 났다.

공항에서 했던 정선이의 질문이 아직 머릿속을 맴돌고 있었다.

"다시 돌아간다면 언제로 가고 싶노?"

처음 들었을 때 실제로 그런 기회가 온 것처럼 가슴이 마구 두근거렸다. 시간을 되돌릴 수 있다면 나는 언제로 돌아갈까? 엄마가 농약 병의 뚜껑을 열기 전으로? 느닷없이 튀어나온 기억에 당황한 나는 주위를 둘러보았다. 친구들과 다인이는 여전히 물놀이에 푹 빠져 있었다. 나도 얼른 그들 사이에 끼어들었지만 뚜껑이 열린 엄마에 대한 기억은 사라지지 않았다.

엄마의 사인은 암이 아니라 자살이었다. 항암 치료를 위한 두 번째 입원을 앞둔 날 아침, 엄마는 농약을 농작물 대신 자신에게 사용했다. 엄마는 어째서 끝까지 싸우지 않고 그런 선택을 했을까. 나는 엄마가 내 주술 때문에 세상을 떠난 것 같아 자책하면서도 삶을 스스로 마감한 엄마가 밉고 원망스러웠다. 그리고 학교 친구들은 물론 나중에 남편과 아이들에게까지 엄마의 진짜 사인을 숨겼다. 아버지와 동생들 입단속도 시켰다. 그 일은 남은 가족 모두에게 떠올리고 싶지 않은 상처였으므로 비밀은 잘 유지됐다.

엄마는 왜 스스로 목숨을 끊은 걸까? 어차피 시한부 삶인데 치료비로 가산을 탕진할까 봐. 남은 식구들을 위해서. 그게 엄마의 죽음에 대한 어른들의 공식적인 추론이었다. 나 역시 성인이 된 다음엔 그렇게 받아들였다.

엄마가 병에 무너져 가는 모습을 낱낱이 보이며 알량한

재산을 파먹다 우리 곁을 떠났으면 어땠을까. 그래서 아버지는 새장가도 못 가고, 나도 대학 진학을 못 하고, 동생들은 궁핍하게 컸다면 엄마를 더 원망했을까? 나는 종종 자문해 보곤 했다. 다른 사람은 몰라도 나는 아니었다. 진심이다.

"지 엄마가 얼마나 행복한 시간을 보내는지 알면 그게 진짜 힘이 되는 기제." 춘희가 했던 그 말이 맞는다. 엄마가 마지막까지 살기 위해 몸부림쳤으면 나는 엄마가 우리를 사랑했다고 믿었을 것이다. 그랬다면 고학으로 대학을 다녀도, 아예 진학을 못한 채 동생들을 위해 돈을 벌어도, 더 나쁜 상황에 떨어졌다 해도 엄마가 남긴 사랑의 힘으로 견뎠을 것이다. 아무것도 포기하지 않은 채.

내가 견딜 수 없는 건 자책감이 아니라 엄마가 우리를 믿지 못했을지 모른다는 사실이다. 엄마에겐 삶을 조금 더 연장하기 위해 치러야 하는 고통과 시간과 돈을 가족이 흔쾌히 감당할 수 있으리라는 확신이 없었던 거다. 혼자 그런 생각을 할 때 얼마나 무섭고 외롭고, 또 허망했을까. 이게 엄마의 죽음을 두고 나 자신과 화해할 수 없었던 진짜 이유다.

내가 돌아가고 싶은 순간은 엄마가 스스로 목숨을 끊기 위해 농약 병의 뚜껑을 따려던 순간인가? 그때로 돌아가서 엄마를 막고 싶은 걸까? 다시 자문해 보았지만 놀랍게도 아니었다. 나는 어떻게 하면 동생을 떼어 놓고 미진이와 놀 수 있을지가 가장 큰 고민이던 시절로 돌아가고 싶었다. 엄마한테 억울하게 혼나고 나서도 엄마가 슬쩍 쥐어 준 사탕 한 개에 세상을 다 얻은 것처럼 행복했던 때로 돌아가고 싶었다. 그러면 나는 엄마한테 혼나고 구박을 받아도, 엄마가 동생들만 챙겨도, 그래서 엄마가 너무 미워도, 엄마 곁을 떠나지 않고 사랑하고, 미워하고, 화해하고, 사랑하고, 사랑하고, 사랑하고, 더할 수 없이 사랑할 것이다. 그래서 나중에 엄마가 그 추억과 사랑만으로도 자신에게 주어진 삶을, 비록 짧은 시간일지라도 끝까지 견디며 살아 내길 바랐다. 그런 다음 그동안 우리 곁에 있어 줘서 고마웠다고, 사랑한다고 인사하며 엄마를 보내고 싶었다.

엄마의 주검 앞에서 쏟지 못했던 눈물이 하염없이 흘러내렸다. 다인이가 헤엄치며 다가와 나는 얼른 물속으로 얼굴을 묻었다. 강물이 눈물을 감춰 주었다. 우리의 물놀이는 웃으며 지켜보던 니르구이까지 물에 빠뜨리고 나서야 끝났다.

톨강에서 보낸 시간이 이번 여행의 결말이라면 얼마나 좋았을까. 초원의 마지막 밤을 싸움으로 장식할 뻔한 위기도 있었고 사막에서 길을 잃어버리기도 했다. 다인이가 공룡알 화석을 발견하기도 했고 금란이의 당선 소식도 들었다. 그런 일들을 모두 거쳐 강물에서 다 함께 어린 시절로 돌아간 시간은 여행의 대단원이 되기에 충분했다. 좁은 미니버스 안에 쭈그리고 앉아 젖은 옷을 갈아입을 때도 우리는 넘치는 웃음을 주체하지 못해 배가 아플 정도로 깔깔거렸으니 해피 엔딩인 셈이다.

다시 울란바토르로 돌아와 바타르와 니르구이에게 줄 선물을 사고, 저녁으로 몽골 전통 음식을 먹고, 민속 공연을 관람하고, 기념품점에 갈 때까지도 톨강에서 보낸 시간이 여행의 대단원이 되리라 믿었다. 이제 정말 비행기를 타고 집으로 돌아가는 일만 남았으니 말이다.

공항에서 니르구이와 나눈 작별은 몽골에서의 마지막 이별이었다. 인경이는 가족과 함께 다시 와서 니르구이를 찾겠다며 명함을 챙겼고, 정선이는 직장 동료들과의 연수 때 몽골을 적극 추천해 꼭 또 오겠다고 했으며, 명화는 남편하고 승마와 골프 관광을 오겠다고 다짐했다. 우리는 각자 찍은 니르구이의 사진을 보내 주기 위해 그의 SNS 주소를 공유했다. 그리고 약속을 지키지 못할 것 같은 예감 때문에 반

드시 지키겠다고 몇 번씩 되뇌었다.

아직 끝나지 않은 여행

출국 수속을 마치고 게이트 안으로 들어갔다. 우리는 면세점에서 기념품을 사거나, 그동안 찍은 사진들을 보거나, 수다를 떨며 비행기 탑승 시간을 기다렸다. 돌아갈 시간이 코앞으로 다가오자 여행의 피로가 급속히 밀려와 익숙하고 편한 집으로 어서 가서 쉬고 싶다는 생각만 났다.

"저거, 명화 이름 부르는 거 아이가?"

주희 말에 귀를 기울이니 무슨 말인지 모르겠는 영어 방송에서 장명화, 비슷한 소리가 들려왔다.

"맞아요. 아줌마, 무슨 사무실로 오래요."

다인이가 말했다.

"뭐꼬? 내를 와 오라카노?"

명화가 깜짝 놀라 허둥거렸다. 무슨 일인지 불안한 가운데서도 다인이가 영어를 알아들었다는 사실이 뿌듯했다. 나는 절친의 의리로 명화와 같이 가 주었다. 주희도 함께였다.

"우야꼬, 고비 사막 모래를 쪼매 생수병에 담아 왔는데 그기 걸렸나 보다."

사무실을 찾아다니는 중에 명화가 이유를 추측하곤 울상을 했다.

"그러게 와 그런 걸 갖고 오노? 다인이 같은 얼라도 공룡 알을 딱 놓고 왔다 아이가."

주희가 아이 나무라듯 말하는데도 명화는 기분 나빠 할 정신도 없어 보였다.

"니도 참 모래는 뭐 한다꼬 가져와서 이 사달을 만드노? 모래는 흔해 빠진 거니까 큰 문제 없을 기다."

명화한테 말하면서도 공룡 알 화석을 두고 온 다인이가 대견스러웠다.

사무실을 찾아가 보니 한 직원이 무뚝뚝한 표정으로 테이블 위를 가리키며 영어로 무슨 말인가를 했다. 그곳에는 명화 가방이 아니라 다인이 가방이 풀어 헤쳐진 채 올라와 있었다. 바로 뒤에 수속을 해서 다인이 가방이 명화 이름으로 부쳐진 모양이었다.

가방 옆에는 다인이가 발견한 공룡 알 화석 반쪽이 놓여 있었다. 두고 온 줄 알았더니 어느 틈엔가 숨겨 온 것이다. 방금 주고받은 말들이 생각나 친구들 보기도 창피하고, 공룡 알 화석을 기어이 숨겨 온 다인이에게 화도 나고, 또 무슨 대가를 치러야 할지 겁도 나 정신이 하나도 없었다. 봐 달라는 말을 영어로 어떻게 해야 하는지 하얗게 된 머리를 굴리고 있는데 주희가 나섰다.

"가이드 노 프라블럼, 마이 가이드…… 공룡을 뭐라카노?"

"사우르스, 사우르스."

자기 일이 아니자 얼굴이 활짝 펴진 명화가 말했다. 나는 입도 뻥긋할 수 없었다.

"오케이, 마이 가이드 톡 투 미 사우르스, 알이 뭐꼬? 아, 에그! 에그 테이크 고 홈, 노 프라블럼. 오케이?"

주희가 당당한 목소리로 직원에게 말했다. 우리 가이드가 공룡 알을 집에 가져가도 된다고 했다는 뜻임은 나도 알아들었다. 주희의 순발력이 놀라웠다. 나는 우리가 방금 전 그렇게 서운해하며 헤어졌던 니르구이에게 죄를 뒤집어씌운 미안함보다는 제발 직원이 주희 말을 알아들었기를 바라는 마음이 더 컸다. 다행히 공룡 알 화석을 압수당하는 것으로 일은 마무리됐다.

일행에게로 가는 동안 나는 슬그머니 기분이 좋아졌다. 발견이 소유보다 더 큰 의미가 있다는 춘희의 말에 감동했으면서도 다인이는 결국 공룡 알 화석 반쪽을 가져왔다. 춘희를 숭배하는 감정에서 벗어났음을 의미하는 것 같았다. 나는 친구들 눈이 있어 나무라는 척했다. 다인이는 그마저도 귓등으로 들으며 공룡 알을 빼앗긴 것만 억울해했다.

"엑스레이에 안 걸리게 잘 쌌는데 왜 걸렸지? 아, 아깝다. 오빠 주려고 했단 말이야."

어이가 없었다.

"훔쳐 온 공룡 알이 뭐가 좋다고 형인이한테 줘?"

공항에서 걸리기를 잘했다. 우리 모녀가 이야기하도록 한 옆에 떨어져 앉은 명화와 주희는 무용담을 재생하고 있었다.

"공룡이 뭐냐고 물었더니 사우르스라는 기라. 얼결에 그렇게 말했는데 오면서 생각해 보니까 공룡은 다이노서인 기라. 내사마 쪽팔려 죽겠다."

"그 사람들 또 볼 것도 아닌데 쪽팔릴 거 없다. 우쨌거나 통했으면 됐다 아이가."

모두 깔깔거리며 웃었다.

"공룡 알 때문에 엄마가 얼마나 창피했는 줄 알아?"

나는 다인이에게 다시 한마디 했다.

"엄마는 엄마 기분만 중요하지? 오빠가 어릴 때 공룡 엄청 좋아했던 건 알아?"

다인이가 새쭉해서 대꾸했다.

"알지, 그럼. 공룡 책만 나달나달하게 읽었는데."

"그럼, 엄마가 오빠가 모은 공룡 모형 몽땅 태현이 준 것도 기억나겠네?"

당연히 생각난다. 책장을 가득 메웠던 갖가지 공룡 모형들. 어린아이들이나 갖고 노는 그 장난감들은 중학생이 된 형인이에게는 불필요한 것들이었다. 형인이는 내가 사 주는 대로 입고 먹고 읽었으므로 당연히 장난감 정리는 내 소관이었다. 그 자리를 나이에 걸맞은 물건으로 채워 넣는 것도 내 일이었다.

"그게 뭐?"

"오빠가 그때 얼마나 속상해했는지 엄만 모를 거야. 고모네 집에 가서도 공룡은 쳐다보지도 않았어. 억지로 눈물 참고 다른 데만 보는 오빠가 얼마나 불쌍했는데."

모르는 일이었다. 공룡 모형을 치웠다고 불평했던 기억도 없는 걸 보면 별문제 없이 지나간 모양이다.

"그때 그러길 잘했지. 그러고 공부해서 중학교 반 배치 고사 일 등 했어. 공룡 알 빼기길 잘했네."

나는 액땜을 한 것 같은 기분에 가슴을 쓸어내렸다.

"엄만 하여간 우리가 다른 거 좋아하는 꼴은 못 보지. 공룡이라면 죽고 못 살던 오빠가 진짜 공룡 알 화석을 보면 얼마나 좋아하겠어? 그래서 선물로 주려고 했는데. 암튼 엄마, 공룡 알 공항에서 걸린 거 오빠한테 꼭 얘기해 줘. 감옥에도 끌려갈 뻔했다고 말해 줘야 돼."

나는 며칠 새 철이 든 것 같은 다인이를 새삼스러운 눈길로 보았다. 내가 편애한다며 제 오빠를 미워만 하는 줄 알았는데. 기특하다고 칭찬을 하려는 순간 다인이가 다시 입을 열었다.

"엄마, 근데 오빠, 엄마가 원하는 대학교 못 가도 유럽 여행 진짜 갈 거지?"

"또, 또 재수 없는 소리 한다. 유럽 여행 가고 싶으면 오빠 공부 방해하는 짓은 눈곱만큼도 하지 마."

나는 눈을 흘겼지만 다인이 덕분에 재미있는 추억거리를 하나 더 만든 것 같아 그렇게 화가 나지는 않았다.

선언

탑승 시간이 다 됐을 무렵 형인이에게 메시지가 왔다. 가족 대화방이 아니라 내게 따로 보낸 거였다. 몇 시간 뒤에 만날 형인이에 대한 그리움이 밀려왔다. 아빠가 제대로 챙겨 주지도 못했을 텐데 얼마나 불편했을까. 읽기도 전에 메시지가 연달아 왔다. 아무리 길게 써 보내도 'ㅇㅇ' 이나 'ㅇㅋ', 'ㄱㅅ' 같은 답만 하던 아이인데 그동안의 외로움과 고충을 말해 주는 것 같았다.

-엄마, 지금 공항이시겠네요. 돌아오신 다음에 이야기할까 망설이다 오시기 전에 보내요.

쑥스러움을 많이 타는 녀석이니 얼굴 보고 직접 말하기 낯간지러울 테지. 나는 형인이가 망설이는 이유를 마음대로 생각했다.

-엄마! 저, 정말 자퇴하기 싫어요.

또 이런다. 하긴 자퇴를 했는데도 성적이 안 나올까 봐 걱정되겠지.

-엄마한테 그동안 말 못 했는데...... 제 꿈은 생물 교사예요. 수학 선생님 보면서 생긴 꿈이에요. 저는 생물이 제일 재밌어요. 수학 선생님처럼 저도 학생들에게 생물을 재밌게 가르치는 교사가 되고 싶어요.

가슴이 벌렁거렸다.

-엄마 마음에 안 든다는 거 알아요. 임용되는 게 어렵다는 것도 알고요. 그치만 진짜 성공은 남의 잣대로 재는 게 아니라 자기가 하고 싶은 일 하면서 사는 거라고 생각해요. 나중에 정말 좋은 선생님이 되려면 자퇴하는 것보다 학교를 다니는 게 맞는다고 봐요. 그러면 엄마가 바라는 대학에는 못 갈 거 같아요. 죄송해요.

머릿속이 멍해지는 게 공룡 알 화석으로 사정없이 맞은 느낌이었다. 형인이가 내 말에 반기를 든 건 이번 자퇴 문제가 처음이었다. 그 이유가 자퇴를 하고서도 성적이 오르지 않을까 봐 겁이 나서라면 납득이 됐지만, 이렇게 딴마음을 품고 있을 줄은 꿈에도 몰랐다.

이과를 택한 형인이를 두고 내가 꿈꿨던 그 애의 미래는 의사다. 과학탐구 과목 중 생물을 선택한 것도 의대 입시를 위해서였다. 내가 가당치 않은 꿈을 꾸는 건 아니었다. 형인이는 공부를 좋아하고 잘했다. 워낙 상위권 아이들 틈에 있으니 내신이 잘 나오지 않는 것뿐이다. 형인이도 자퇴하고 기숙 학원에 들어가 정시에 올인하는 게 가능성이 높다는 내 판단에 동의했다.

다인이에게는 핀잔을 주었지만 나는 재수 뒷바라지까지 각오하고 있었다. 자퇴를 하기로 한 1학기 말이 코앞인 시점에 이렇게 뒤통수를 치다니. 의대는 들어가기만 하면 미래가 보장되지만 중·고등학교 교사는 대학을 졸업하고 교원 자격증을 얻었다고 해서 자리가 기다리고 있는 게 아니다. 임용고시 준비를 다시 해야 하고, 그 시험이 어려운 건 세상이 다 안다. 선택 과목인 생물은 경쟁률이 더 높을 게 뻔하다. 임용이 보장돼 있다면 혹시 몰라도 어느 부모가 불확실한 미래에 발을 디밀려는 자식을 기쁘게 응원할 수 있을까. 의대 입시에만 올인해도 모자랄 판에 흔들리는 꼴이라니. 이러자고 형인이에게 내 인생을 갈아 넣은 게 아니다. 화가 솟구쳤다.

탑승을 알리는 방송과 함께 사람들이 소란스레 움직였다. 우리 일행도 줄에 가서 섰다. 나는 형인이의 메시지에서 받은 충격을 내색하지 않았다.

친구들은 자사고에 다니는 형인이가 자퇴를 원하는 것으로 알고 있다. 특목고나 자사고에 다니는 아이들 중 자퇴하고 검정고시와 수능 정시로 대학을 가는 경우가 심심찮게 있어서 화젯거리도 되지 않았다. 그렇더라도 나는 아들을 강제로 자퇴까지 시키는 극성 엄마로는 비치고 싶지 않았다. 어디까지나 자식이 원해서인 것처럼 하고 싶었고, 형인이에게조차 그렇게 믿게 하고 싶었다.

나는 답을 하지 않았다. 침묵으로 내 마음을 표현하고, 아이에게도 다시 생각할 시간을 주기 위해서였다. 탑승한 뒤 휴대폰을 비행기 모드로 바꾸려는데 형인이한테 또 메시지가 왔다. 그래, 괜히 투정 한번 부려 본 거니 걱정하지 말라는 내용일 거야. 나는 기대하며 메시지를 열었다.

-엄마 말을 어기더라도.... 저는 엄마를 사랑해요.

새벽 1시가 넘었다. 아침부터 밤늦게까지 돌아다닌 탓에 친구들은 비행기를 타자마자 잠에 빠져들었다. 조금 전까지 음악을 듣다, 영화를 보다 하던 다인이도 머리를 창에 기댄 채 잠이 들었다. 하지만 나는 형인이의 폭탄선언 때문에 잠을 이룰 수가 없었다. 억지로 눈을 감자 모래로 가득 찬 듯 눈알이 빽빽하고 서걱거렸다. 몽골로 가던 때처럼 캄캄한 창밖은 아무것도 보이지 않았다. 그 창에 다인이의 모습과 내 모습이 겹쳐 비쳤다.

여행을 오는 게 아니었어. 혼자 있다 보니 잡생각이 많아져서 이런 동티가 난 것이다. 집에 가서 대화하면 잠시 흔들렸던 걸 인정하고 본래 계획으로 돌아갈 거야. 마음을 달래면서도 형인이의 꿈이 나와 같은 의사가 아니라 생물 교사라는 게 놀랍다 못해 이상하기까지 했다. 형인이에 관해서라면 그 애가 곧 나인 것처럼 훤히 알고 있는데 어디에 자기 꿈을 숨겨 두고 있었던 거지?

우리는 그동안 사랑과 신뢰를 바탕으로 같은 목표를 향해 달려온 사이였다. 그 목표를 이루기 위해서 형인이가 공룡 모형을 얼마큼 좋아했는지는 모를지언정 생물 교사가 꿈이라는 사실은 알고 있어야 했다. 혹시 자퇴가 두려워 핑계 대는 건 아닌가, 하는 생각을 잠깐 했지만 내가 아는 형인이는 그럴 아이가 아니었다. 일찍 알았다면 벌써 형인이의 마음을 돌려놓았을 텐데 어디서부터 잘못된 건지 혼란스러웠다.

갑자기 비행기가 흔들리기 시작했다. 난기류 때문이니 자리에 앉아 벨트를 매고 있으라는 안내 방송이 나왔다. 온몸은 물론 내장, 머릿속까지 뒤흔들던 고비의 차에 비하면 아기 요람 수준의 요동이었지만 허공에서의 상황이라 겁이 났다. 나도 모르게 다인이 손을 움켜잡았다. 다인이는 비행기가 흔들리는 것도, 내가 제 손을 잡은 것도 모를 만큼 깊은 잠에 빠져 있었다. 옆자리의 명화와 통로 건너편에 앉은 친구들을 살펴보았다. 모두 담요를 덮은 채 자고 있었다.

비행기가 또 흔들렸다. 다시 공포가 엄습해 왔다. 혼자 깨어 있다는 사실에 더 무서워졌다. 문득 이게 우리의 마지막이라면 나는 무엇을 해야 할까, 하는 생각이 들었다. 모두 깨워서 작별을 고해야 하나. 아니, 차라리 아무것도 모르는 채 마지막을 맞이하게 하는 게 나을 수도 있다. 어떤 게 옳은 선택인지 혼란스러웠다. 그런 나 자신이 못마땅했다. 나는 어떤 상황에서도 이렇게 갈팡질팡하는 사람이 아니다.

다시 비행기가 흔들렸다. 덜덜 떨며 팔걸이를 움켜잡는 순간 깨달았다. 고비의 모래 언덕에서 왜 울었는지, 더는 그 대답을 피할 수 없음을. 그 질문에 답하지 않으려고 나는 기회가 있을 때마다 그 순간을 서둘러 여행의 대단원으로 삼았던 거다. 사막의 마지막 밤, 춘희와의 이별, 잃었던 길을 찾고 사막을 벗어났을 때, 톨강에서……. 하지만 그 어떤 것도 결말이 돼 주지 않았다. 모래 언덕에서 울었던 이유를 대답하기 전에는 때가 아니라는 듯 다른 사건을 불러들였다.

마지막 기회라며 비행기가 내 몸을 흔들었다. 나는 온 힘을 다해 부여잡고 있던 팔걸이를 놓았다. 남의 것인 양 팔이 무릎 위로 툭 떨어졌다. 그래, 항복이다. 내가 그날, 모래 언덕에 앉아 울었던 건 두려움 때문이었다. 눈앞에서 신기루가 홀연히 사라지는 걸 본 순간 내가 믿고 있던 것들이 실은 신기루처럼 허상이었는지도 모른다는 두려움이 덮쳐 왔다.

나는 사막으로 들어서면서부터 이미 흔들리고 있었다. 차는 온몸을, 머릿속을, 오장육부를, 마침내는 영혼까지 흔들어 대며 나를 내 안의 가장 깊은 곳으로 끌고 갔지만 나는 버티고 버텼다. 하지만 이미 내 안에 균열이 생기고 있음을, 눈앞에 실제인 듯 있다가 사라진 신기루가 일깨워 줬다. 내가 그동안 기를 쓰고 잡아 왔던 모든 것들이 신기루가 사라진 사막에서 갈 길 몰라 하며 허둥거렸다.

나는 내가 했던 선택과 포기에 대한 확신이 흔들리고 있음을 결코 시인하고 싶지 않았다. 그걸 시인하는 순간 내가 쌓아 올렸던 것들과 함께 나마저도 와르르 무너져 내릴 것 같았다. 모래 언덕에서 돌아온 뒤의 시간은 무너져 내리려는 나 자신을 지키기 위한 안간힘의 시간이었다.

하지만 이젠 졌다. 비행기까지 제 몸체를 흔들며 날 위협하고 있는데 어쩔 수 없지. 그래, 난 흔들렸고, 지금도 흔들리고 있다. 집으로 가는 마음이 사막에서 길을 잃은 것처럼 막막했다.

"엄마, 울어?"

어느 틈엔가 잠에서 깬 다인이가 나를 보고 있었다. 나는 깜짝 놀라 눈물을 훔쳤다. 울고 있었는지도 몰랐다. 요즘 나는 너무 자주 운다.

"왜 울어? 무슨 일 있었어?"

다인이가 놀란 얼굴로 물었다.

"조금 아까 비행기 엄청 흔들렸던 거 모르지? 비행기 떨어지는 줄 알았어."

사실이다.

"뭐야, 무서워서 운 거야? 난기류 때문이라고 방송 나오더만. 엄마는 강철 심장인 줄 알았는데 무서운 것도 있네."

다인이가 웃으며 말했다. 기어이 내 대답을 듣고서야 요동을 멈춘 비행기는 이제 포장도로를 달리는 자동차처럼 안정적으로 날았다. 나는 자포자기한 심정으로 머리를 등받이에 뉘었다. 그간의 안간힘이 몸과 마음에 통증으로 남아 있었다.

캄캄한 창밖을 바라보던 다인이가 내게 물었다.

"엄마는 이번 여행에서 가장 기억에 남는 게 뭐야?"

몽골에서 있었던 일 하나하나가 우열을 가리기 힘들 만큼 강렬했다. 그중에 꼭 하나를 꼽아야 한다면, 신기루였다.

"너 먼저 말해 봐."

"나는 신기루."

공룡 알 화석이나 캠프파이어, 아니면 바타르를 말할 줄 알았는데 뜻밖이었다.

"왜?"

"그냥. 없는데 있는 것처럼 보이는 게 아무리 생각해도 신기해. 여행하는 동안 신기루를 세 번 봤잖아. 그런데 볼 때마다 느낌이 다 달랐어.”

“어떻게?”

다인이랑 언성을 높이거나 인상 쓰지 않고 이야기를 나누는 게 얼마 만인지 기억도 나지 않았다.

“모래 언덕에서 처음 봤을 때는…….”

다인이는 잠시 말을 멈추고 창밖을 내다보았다. 창에 비친 표정에 얼핏 아련함이 스쳐 갔다. 나는 다인이가 말을 잇기를 기다려 주었다.

“모래 언덕에서 봤을 때는 처음 보는 거라 신기하기만 했어. 그리고 길 잃어버렸을 때 신기루를 두 번 봤잖아. 그때마다 진짜 호수인 줄 알고 막 좋아했다가 아니라서 엄청 실망했고. 그래서 처음에는 없는데 있는 것처럼 보이는 게 속임수 같아서 나쁘다고 생각했어. 그런데 진짜 물하고 게르를 만나고 길도 찾고 나니까, 만약에 그때까지 신기루를 한 번도 못 봤으면 어떻게 불안하고 무서운 걸 이겨 냈을까, 하는 생각이 드는 거야.”

다인이가 자기 생각을 이렇게 조곤조곤 잘 이야기하는 아이인 줄 몰랐다.

“그리고 엄마, 그런 일이 아니더라도 사막에 신기루가 없으면 너무 지루하고 심심할 거 같지 않아?"

다인이가 웃음 띤 얼굴로 나를 보았다. 나는 고개를 끄덕였다. 사막에서는 우물만큼 신기루도 필요한 거였다. 그게 비록 사라지고 마는 허상일지라도.

"이제 엄마가 제일 기억에 남는 거 말해 봐."

지난 시간이 필름을 거꾸로 돌릴 때처럼 역순으로 머릿속에 펼쳐졌다. 모든 게 너무도 생생했다. 형인이 입시 문제 말고는 뭐든지 깜빡하고 잊기 일쑤였는데 이토록 세세하고 뚜렷하게 기억나다니. 해외여행이 처음이어서일까? 아니면 친구들과의 여행이라서? 몽골이라는 특별한 여행지라서? 아니, 그보다는 이 모든 걸 다인이와 함께해서였다.

여행 내내 툴툴거리고 짜증 내는 다인이가 못마땅했다. 하지만 차츰 다인이에게서 내가 보였다. 동생들을 돌보느라 내 자리는 남겨 두지 않았던 엄마를 미워하던 나. 엄마가 묻는 말에 대답 한번 곱게 하지 않았지만 실은 엄마 관심이 그리웠던 나. 다인이는 열다섯 살의 나 같았다. 그러자 어느 것 하나만 들 수가 없었다.

"전부 다."

"그런 게 어딨어? 그럼 전부 다인 이유를 대 봐."

"이거 말하려고 하면 저게 떠오르고, 저거 말하려고 하면 또 다른 게 떠올라서 하나만 고를 수가 없어."

그 말도 사실이지만 '너랑 함께 와서'라는 말을 하기가 낯간지러운 이유가 더 컸다. 엄마도 나를 대할 때 그랬겠지.

"엄마한테는 정답하고 오답만 있는 줄 알았는데 의외네. 뭐, 그런 거 나쁘지 않아. 참, 엄마. 나, 오늘 학교 가야 돼?"

다인이가 아부하는 미소를 띠며 물었다. 집에 가면 아침 7시 전일 테니 학교에 가고도 남는다. 어제까지는 체험 학습으로 들어가지만 오늘부터는 결석이다. 신기루를 보기 전의 나였다면 고민할 것도 없이 가야 한다고 했을 테지만 지금은 아직 여독도 안 풀린 애를 학교에 보내도 되나, 하고 마음이 흔들린다.

"집에 가 봐서."

그 말만으로도 다인이는 집에서 쉬라고 한 것처럼 좋아했다. 다인이가 다시 잠이 온다며 하품을 하자 나도 눈꺼풀이 내려오기 시작했다. 눈물과 함께 눈 속의 모래가 빠져나갔는지 눈을 감아도 뻑뻑하지 않았다.

다인이와 나는 서로에게 기댄 채 잠이 들었다. 거인의 땅에서 우리는 함께 말을 타고 고비 들판을 달렸다. 저 멀리 나타난 신기루를 보고 말을 멈추는데 어렴풋이 기내 방송이 들려왔다.

“7월 21일 오전 4시 10분경에 착륙 예정입니다. 현재 인천 국제공항의 기온은 섭씨 25.4도이며 날씨는 맑겠습니다…….”

생명의 고리로 순환되는 모녀 이야기

#

이틀째다. 『신기루』에 실을 '작가의 말'을 쓰기 위해 모니터에 한글 화면을 띄워 놓고 한 줄도 쓰지 못한 채 끙끙거리고 있는 게. 머릿속이 빈 모니터 화면처럼 하얗다. 원고지 700여 장 가까이 소설을 써 놓고 15장짜리 '작가의 말'을 못써서 애를 태우고 있다니. 40여 권의 책을 내는 동안 '작가의 말'은 늘 나를 괴롭혔지만 이번처럼 막막하게 여겨진 적은 없었다.

마감은 코앞에 다가오고, 시작이 반이라는 속담에 기대

무슨 말이라도 시작해 보라고 마음속에서 채근하는 소리가 들려온다. '작가의 말'이 뭐 별거 있어? 그동안 그래 왔던 것처럼 작품을 쓰게 된 동기, 배경, 말하고자 하는 주제 등에 대해서 풀어놓으면 되잖아.

#

5년 전 여름, 문우들과 몽골로 여행을 갔었다. 많은 나라 중 몽골로 정한 건 풍문으로 들려오는 초원과 사막에 대한 환상 때문이었을 거다. 관광이 아닌 '여행'을 하고 싶은 열망이나 작가연하는 허세도 약간은 있었을지 모르겠다.

우리의 주된 여행지는 남고비 사막이었다. 몽골 여행 상품 중에서 고비 일정을 선택했을 때 낭만적인 사막의 풍광을 떠올리지 않았다면 거짓일 것이다. 하지만 우리를 기다리고 있던 건 끝없이 펼쳐진 모래사막이나 푸르른 초원 대신 거무죽죽한 맨땅이 흙먼지를 피워 올리는 황무지 같은 평원이었다.

#

내 작품 속에서 어른이 화자가 돼 본격적으로 자기 이야기를 하는 건 『신기루』가 거의 처음이다. 그동안 나는 동화나 청소년소설을 쓰는 만큼 어른보다는 어린이와 청소년들의 마음과 삶을 들여다보는 일에 주력했다.

하지만 이번 작품에서는 딸 다인이와 엄마 숙희의 이야기가 1부와 2부로 나뉘어 같은 비중으로 펼쳐진다. 애초부터 그렇게 계획했던 건 아니다. 처음엔 엄마 따라 여행 간 딸이 화자인 단편소설로 썼는데 이야기를 시작만 해 놓은 것 같은 미진함을 떨쳐 버릴 수 없었다. 딸이 자라서 엄마가 되며 이어지는 모녀 사이는 모자나 부자, 부녀와는 또 다른 생명의 고리로 순환되는 관계라는 생각이 든다. 그런 모녀가 함께 간 여행에서 딸 이야기만 하는 건 어쩐지 공평치 못하고 균형이 맞지 않는 것 같았다. 엄마들 또한 딸이었던 때가 있었으며 세월의 흐름에 변한 건 겉모습뿐이라는 사실을 알게 됐기 때문일까? 그렇더라도 엄마 숙희가 그렇게 많은 생각과 감정을 숨기고 있을 줄은 몰랐다. 숙희의 이야기를 쓰는 동안 문득문득 마음이 아리고 슬펐다.

#

이 작품을 쓰는 내내 함께 여행하고 오랫동안 나눌 수 있는 추억을 만들었던 문우들이 떠올랐다. 『신기루』를 쓰는 과정은 그들과 함께 텅 빈 고비 사막을 가득 채우고 있던 그것이 무엇이었는지를 찾는 여정이기도 했다.

#

'작가의 말'을 마무리하려는 지금, 왜 그렇게 쓰기 어려웠는지 알 것 같다. 이미 모든 것을 소설 속에서 말했으므로, 정말 할 이야기가 없었던 거다. 사족은 이제 그만!

2012년 봄

이금이

거인의 땅에서, 함께

2007년, 10여 명의 친한 동료 작가들과 몽골 여행을 다녀왔다. 문우들과 팀을 꾸려서 해외여행을 한 건 그때가 처음이었다. 그 여행을 계획하고 진행했던 나는 막중한 책임감에 시달렸다. 출발하는 날 공항에 갔는데 여행이 취소되었다거나 여행사 직원이 나오지 않는 악몽을 꿀 정도였다.

그 여행 뒤 우리는 한두 해에 한 번씩 꾸준히 여행을 다녔다. 네팔, 발트 3국, 사할린, 카자흐스탄, 러시아, 시베리아 횡단 철도로 다녀온 바이칼호처럼 가족하고나 개인 여행으로 선뜻 택하기 쉽지 않은 곳들이었다. 새로운 여행의 추억을 켜켜이 쌓았음에도 몽골은 여행 때마다 물리지 않는 추억담으로 소환되곤 했다. 태고의 신화와 전설인 양 우리는 몽골에서의 기억을 끊임없이 이야기하며 여행을 이어 왔다. 몽골 여행에서 받은 영감으로 책을 냈을 때도 함께 갔던 이들과 모여 추억과 기쁨을 나누었다. 개정판이 나오면 다시 모여 코로나19로 인해 눌러두었던 여행 혼에 불을 지필 계획이다.

개정판 책에 초판 작가의 말을 함께 싣는 이유는 소설을 쓴 의도나 배경, 작품을 쓸 당시의 심경이 가장 생생하게 담긴 글이기 때문이다. '작가의 말'을 쓰기 어려울 만큼 소설에서 할 이야기를 다 했다는 말은 사실이었다. 덕분에 개정 작업 하는 내내 고비의 사막을 다시 느낄 수 있었다. 뜨겁고 투명한 햇살, 게르로 불어 들던 바람, 천장으로 보이던 하늘, 붉은빛 모래 언덕의 촉감까지 현재인 것처럼 생생했다. 그 시간에 대한 그리움으로 코끝이 시큰해지기도 했다.

그때 함께 갔던 17세 딸이 고비 사막에서 말하길, 아무것도 안 하면서 이토록 마음이 편한 건 처음이라고 했다. 그 말은 청소년의 삶뿐 아니라 그 아이들을 둘러싼 어른들의 삶 또한 더 깊이 들여다보게 만드는 계기가 돼 주었다.

출간한 지 꼭 10년 만에 개정판을 내면서 한 문장, 한 문장, 공들여 손보았다. 그런 줄도 모르고, 또는 무심코 썼던 차별이나 혐오 표현 등도 바로잡았고 제목도 『신기루』에서 『거인의 땅에서, 우리』로 바꾸었다. 내가 고비 사막에서 느꼈던 많은 것들이 보다 더 드러나는 제목이라 흡족하다.

코로나19가 세상을 뒤덮은 지 3년째로 접어든다. 떠나는 일이 자유롭지 않은 이 시기에 엄마와 딸, 친구들과의 여행을 담은 이 이야기가 읽는 분들께 작은 위안이 됐으면 좋겠다. 그리고 책을 읽는 동안 거인의 땅에서 함께할 수 있기를 바란다.

2022년 봄을 품은 겨울에

이금이

이금이 청소년문학

거인의 땅에서, 우리

초판 1쇄 펴낸날 2012년 5월 30일
초판 3쇄 펴낸날 2014년 12월 15일
개정판 1쇄 펴낸날 2022년 1월 24일
개정판 2쇄 펴낸날 2023년 5월 15일

지은이 이금이
펴낸이 이어진
편 집 송지연
디자인 잇

펴낸곳 밤티
등 록 2020년 5월 18일 제2020-000081호
주 소 04590 서울시 중구 다산로 156 부흥빌딩 2층 136호
전 화 02-2235-7893
팩 스 02-6902-0638
이메일 bamtee@bamtee.co.kr
홈페이지 www.bamtee.co.kr

ISBN 979-11-91826-05-0
979-11-971205-3-4 44810(세트)

- 이 책은 출판사 푸른책들에서 2012년에 출간한 『신기루』의 개정판입니다.